Enid Blyton

В СЕРИИ
«ПЯТЬ ЮНЫХ СЫЩИКОВ И ПЁС-ДЕТЕКТИВ» ВЫХОДЯТ:

- Тайна сгоревшего коттеджа
- Тайна пропавшей кошки
- Тайна секретной комнаты
- Тайна анонимных писем
- Тайна жемчужного ожерелья
- Тайна зловещего дома
- Тайна ограбления в театре
- Тайна вора-невидимки
- Тайна исчезнувшего принца
- Тайна красной перчатки
- Тайна украденной мебели
- Тайна похищенной картины

Энид Блайтон

Пять Юных Сыщиков

Тайна сгоревшего коттеджа

Перевод с английского
Ольги Пановой

Художник
Александр Кукушкин

Москва
«Махаон»

УДК 821.111-312.4-93
ББК 84(4Вел)
Б68

Enid Blyton
The Find-Outers
THE MYSTERY OF THE BURNT COTTAGE

Enid Blyton® and Enid Blyton's signature are registered
trademarks of Hodder & Stoughton Limited
Text © Hodder & Stoughton Limited
Cover illustration © Hodder & Stoughton Limited
All rights reserved.

First published in Great Britain in 1943 by Methuen & Co. Ltd

All of the author's moral rights are hereby asserted.

Блайтон Э.

Б68   Тайна сгоревшего коттеджа : прикл. повесть / Энид Блайтон ; пер. с англ. О. Пановой ; худож. А. Кукушкин. – М. : Махаон, Азбука-Аттикус, 2023. – 256 с. : ил. – (Пять юных сыщиков и пёс-детектив).

ISBN 978-5-389-15889-4 *(рус.)*
ISBN 978-1-444-93077-1 *(англ.)*

В деревушке Петерсвуд произошло самое что ни на есть настоящее преступление! Кто-то поджёг коттедж в саду мистера Хика. Пятеро детей, живущих по соседству, не собираются ждать, когда дело раскроет местный полицейский по прозвищу А-ну-ка-разойдись, и организуют клуб сыщиков. Вместе со своим псом ребята идут по следу преступника, но подозреваемых оказывается слишком много.

УДК 821.111-312.4-93
ББК 84(4Вел)

© Панова О. Ю., перевод
на русский язык, 2023
© Кукушкин А. И., иллюстрации, 2023
© Издание на русском языке, оформление.
ООО «Издательская Группа
«Азбука-Аттикус», 2023
Machaon ®

ISBN 978-5-389-15889-4 *(рус.)*
ISBN 978-1-444-93077-1 *(англ.)*

Глава первая
Пожар в деревне Петерсвуд

Всё началось однажды в апреле. Было уже темно, часы пробили половину девятого. В деревушке Петерсвуд было тихо и спокойно — тишину изредка нарушало лишь гавканье собак. И вдруг на краю деревни взметнулся ввысь столб пламени.

Ларри Дейкин уже мирно засыпал в своей постели, когда в его спальне внезапно стало светло как днём. Обычно, ложась спать, он не задёргивал шторы: ему нравилось просыпаться с первыми лучами солнца, когда они ласково заглядывали в комнату на рассвете. И вот сейчас он увидел зарево пожара.

— Вот это да! — пробормотал Ларри. — Что же случилось?

Он окликнул сестру:

— Дейзи! Иди скорей сюда! Там что-то горит! И как сильно!

Дейзи в ночной рубашке вбежала в комнату и бросилась к окну.

— Это пожар! — тревожно прошептала она. — Ух ты! Что же это горит? Неужели чей-то дом?

— Пойдём посмотрим. — Ларри вскочил с кровати. — Одевайся скорей — и бежим, пока мама и папа не заметили. Они ведь ещё ничего не знают о пожаре, а мы сейчас всё разведаем.

Брат и сестра быстро оделись, выскочили через заднюю дверь в тёмный сад и побежали по лужайке прямо к калитке. Выбежав на улицу, они услышали сзади чей-то топот.

— Бьюсь об заклад, что это Пип! — сказал Ларри и включил свой фонарик.

Лучик света выхватил из темноты лицо мальчика, ровесника Ларри: это действительно был Пип, соседский мальчишка, а рядом с ним девочка лет восьми.

— Бетси! И ты здесь?! — воскликнула Дейзи. — Я думала, что ты уже десятый сон видишь.

— Эй, Ларри! — окликнул приятеля Пип. — Ты видел это? Похоже, горит чей-то дом. Как ты думаешь, пожарную бригаду уже вызвали?

— Даже если и вызвали, дом сгорит дотла, пока они будут добираться из соседней деревни, — хмыкнул Ларри. — Кажется, горит на Хейкок-Лейн. Бежим скорей!

И они побежали со всех ног. В зареве пожара тут и там виднелись тёмные силуэты: жители деревни спешили к месту происшествия. Все были взволнованы.

— Это дом мистера Хика, — повторяли в толпе. — Конечно, это его дом!

Народу всё прибывало — вниз по улице уже тёк плотный поток людей.

— Нет, это не дом! — крикнул Ларри. — Это горит мастерская в саду. Мистер Хик там всегда работает. Ух ты! Да от коттеджа уже почти ничего не осталось!

Мистер Гун, местный полицейский, уже прибыл на место происшествия и командовал группой мужчин, которые таскали вёдра с водой, пытаясь потушить огонь. Он увидел детей и прикрикнул на них:

— Эй! Не мешайтесь под ногами! А ну-ка разойдись!

— Никогда не слышала от него ничего другого, — фыркнула Бетси. — Вечно твердит: «Разойдись! Разойдись!»

От вёдер с водой не было никакого проку — огонь всё так же бушевал в саду мистера Хика. Полицейский бросился на поиски шофёра:

— Где мистер Томас? У него есть шланг, из которого он моет свою машину.

— Мистер Томас встречает хозяина, — раздался в ответ женский голос. — Он поехал на станцию к лондонскому поезду.

Это была миссис Миннз, кухарка, уютная, кругленькая, сдобная, как сахарная пышка. Впрочем, сейчас она была страшно напугана, в её круглых глазах блестели слёзы. Стоя у крана, она наливала до краёв одно ведро за другим. Её руки дрожали.

— Никакого толку, — говорили в толпе. — Так пожар не потушить. Горит слишком сильно!

— По крайней мере пламя не сможет перекинуться на дом, — сказал полицейский. — Ветер, к счастью, дует в другую сторону. Да, не завидую я мистеру Хику!

Четверо ребят с интересом следили за происходящим.

— Как жаль этот коттедж! — сказал Ларри. — Он был такой хорошенький! Ну что же мы стоим без дела? Давайте, что ли, тоже будем воду таскать!

Не успел он договорить, как мальчишка, примерно такого же роста, что и Ларри, пробежал мимо них с ведром воды, явно собираясь вылить его в бушующее пламя. Однако он так торопился, что споткнулся и опрокинул полведра прямо на ботинки Ларри.

— Эй, ты! — сердито крикнул тот. — Меня тушить не надо!

Мальчишка засмеялся:

— Прости, старик! Я не нарочно.

В небо взметнулся очередной столб огня, осветив всё вокруг, и Ларри смог как следует разглядеть горе-пожарного. Мальчик был хорошо одет и казался изрядным воображалой.

— Я узнал его! — шепнул Пип. — Он недавно приехал и живёт с родителями в гостинице, прямо напротив нас. Ужасный задавака. Думает, что всё знает, и денег у него куры не клюют.

И тут полицейский увидел мальчишку с ведром.

— Прочь с дороги! — закричал он. — Нам здесь только таких молокососов не хватало!

Мальчик покраснел от обиды.

— Это вы мне? Кого это вы обзываете молокососом? Я, между прочим, пытаюсь вам помочь...

— А ну-ка разойдись! Прочь с дороги! — рявкнул полицейский.

Вдруг из толпы выскочил пёс и с яростным лаем накинулся на мистера Гуна. Тот не успел увернуться, и пёс вцепился в его форменные брюки. Полицейский попытался высвободиться, но не тут-то было.

— Это твоя собака? — задыхаясь, крикнул он мальчику. — Сейчас же уйми её!

Но мальчик, не обращая на мистера Гуна никакого внимания, вылил остатки воды в огонь и важно прошествовал к крану, чтобы снова наполнить ведро. Собака, сердито рыча, продолжала терзать полицейские брюки.

— А ну пошёл! — завопил полицейский, отталкивая ногой мохнатого противника.

Ребята покатились со смеху. Силы были явно неравны: высокий, плечистый полицейский — и маленький чёрный скотчтерьер, из-под длинной шерсти которого виднелись короткие, но крепкие лапки.

— Точно, это пёс того мальчишки, — сказал Ларри. — Какой чудесный! Хочу себе такого!

В тёмное небо взмыл сноп искр — это упала на землю горящая соломенная крыша коттеджа. И тут же повалил едкий дым. Дети попятились назад.

Послышался шум мотора, и из толпы раздались крики:

— Вот он! Это мистер Хик! Хозяин! Наконец-то!

Автомобиль затормозил прямо перед домом. Из него выскочил высокий человек и побежал к горящему коттеджу. Навстречу ему двинулся полицейский.

— Ваша мастерская почти сгорела, сэр, — развёл руками мистер Гун. — Мне очень жаль... Мы сделали всё, что смогли. Но всё было напрасно. Как вы думаете, отчего мог случиться пожар?

— Откуда я знаю?! — раздражённо ответил мистер Хик. — Я только что вернулся из Лондона. Почему вы не вызвали пожарных?

— Ближайшая пожарная часть в соседней деревне. Когда мы обнаружили пожар, огонь уже добрался до крыши. Вызывать бригаду не имело смысла. Скажите, сэр, вы сегодня разводили огонь в камине?

— Да, — ответил мистер Хик. — Я пришёл в мастерскую ранним утром и принялся за работу. Было холодно, и я затопил камин. Кстати, когда я уходил, я разворошил остатки углей, и из камина вылетели искры. Вполне возможно, что одна из них не погасла... А где моя кухарка миссис Миннз?

— Я здесь, сэр, — откликнулась она. Бедняжка вся дрожала от страха. — О дорогой сэр, какое ужасное происшествие! Вы никогда не разрешали мне заходить в коттедж. Вот я и не заходила — и даже не приближалась к нему. А ведь если бы зашла, то наверняка бы заметила, что там что-то горит!

— Дверь была заперта, — сказал полицейский. — Когда мы начали тушить огонь, я пытался её открыть, но это оказалось невозможно. Увы, сэр, ваш коттедж сгорел!

С шумом и треском падали обгоревшие брёвна — всё, что осталось от стен. Пламя вздымалось всё выше. Толпа отступила назад, спасаясь от жара и чада.

Вдруг мистер Хик схватился за голову. Могло показаться, что он внезапно сошёл с ума — так страшно исказилось его лицо. Он подбежал к полицейскому и схватил его за руку.

— Мои бумаги! — отчаянно крикнул он. — Я оставил их там! Скорей! Идёмте! Надо их вытащить оттуда!

— О нет, сэр, это безумие! — покачал головой мистер Гун. — Только взгляните на это адское пекло! От ваших бумаг уже давным-давно и золы не осталось.

— НЕТ!!! НЕ-Е-Е-Е-Е-ЕТ!!! О!!! МОИ БУМАГИ!!! — возопил мистер Хик и ринулся прямо в бушующее пламя.

Двое мужчин успели схватить его и оттащили назад.

— Спокойствие, сэр! Будьте же благоразумны! — уговаривал его полицейский. — Скажите, это были ценные бумаги?

— Ценные? Да они бесценные! — застонал несчастный мистер Хик. — Они для меня дороже любых денег. Даже за сто миллионов я бы не согласился расстаться с ними!

— Надеюсь, вы успели их застраховать, — покачал головой полицейский.

Мистер Хик яростно топнул ногой.

— Да, они застрахованы — но что с того? Деньги — ничто по сравнению с этими документами!

— А что значит — «застрахованы»? — прошептала Бетси.

Ларри быстро объяснил ей:

— Ну, это когда у тебя есть что-то очень ценное и ты боишься, что это могут украсть или оно может сгореть, и ты платишь каждый год немножко денег страховой компании, а они, если вдруг с твоей вещью и вправду что-то случится, возвращают тебе её стоимость.

— Надо же! — удивилась Бетси.

Она слушала Ларри, не отводя взгляда от мистера Хика. «Смешной такой, — думала девочка. — Весь взъерошенный, как воробей. И какой-то несимпатичный».

Мистер Хик, высокий длинноносый пожилой джентльмен носил большие очки в роговой оправе. Их стёкла поблёскивали в зареве пожара. Причёска мистера Хика и в самом деле стояла дыбом, к потному лбу прилипли пряди волос.

— Послушайте, мистер Гун, — раздражённо сказал мистер Хик, глядя на собравшихся взрослых и детей. — Велите всем разойтись по домам. Надеюсь, эти зеваки не собираются прохлаждаться всю ночь в моём саду? Нечего им толпиться тут, всё уже кончено, и смотреть больше не на что.

— Вы правы, сэр, — ответил мистер Гун и радостно принялся за своё любимое занятие. Он тут же закричал: — А ну-ка разойдись! Все по домам!

И впрямь не каждый вечер выпадает сельскому полицейскому такая удача — командовать большой толпой. Сразу чувствуется, что полицейский — важная птица и не зря носит каску.

Пожар понемногу стихал. Дети вдруг почувствовали, что очень устали от всех этих переживаний. Их клонило в сон, глаза слезились от дыма.

— Фу! Я весь пропах дымом! — недовольно пробурчал Ларри. — Пошли-ка домой, ребята! Родители уже, наверное, нас хватились — то-то достанется нам на орехи!

Ларри и Дейзи зашагали обратно к дому. Следом двинулись Пип и Бетси, а за ними — мальчик-воображала со своим чёрным псом.

Мальчик шёл быстро, на ходу насвистывая какую-то песенку. Поравнявшись с Ларри, он сказал:

— Вот это было приключение, правда? Хорошо ещё, что никто не сгорел! Может, встретимся завтра снова? Мои мама и папа пойдут играть в гольф, а я буду совершенно свободен. Я живу в гостинице возле сада мистера Хика.

— Ну, я не знаю... — нерешительно протянул Ларри, которому, если уж говорить честно, этот юный джентльмен не внушал особого доверия. — Может, если мы пойдём завтра гулять, я зайду за тобой. Идёт?

— Идёт! — ответил мальчик. — Эй, Бастер! Ко мне! Домой, Бастер!

Чёрный скотчтерьер, который тщательно обнюхивал ботинки Ларри, поспешно засеменил к хозяину — и вот уже оба, и мальчик, и пёс, скрылись в темноте.

— Ишь ты! — пожала плечами Дейзи. — Почему это он считает, что мы захотим подружиться с ним? Слушайте, ребята, давайте завтра встретимся у Пипа и пойдём посмотрим ещё раз на коттедж... то есть на то место, где был коттедж мистера Хика.

— Отлично! — сказал Пип. — Пошли, Бетси! Спокойной ночи всем! У меня уже глаза слипаются...

Пип и Бетси свернули на свою улицу, а Ларри и Дейзи пошли к себе домой.

— Бе-е-е-едный мистер Хик! — отчаянно зевая, пробормотала Дейзи. — Он чуть не плакал — так ему было обидно, что сгорели его драгоценные бумаги!

Глава вторая
Клуб юных сыщиков

На следующий день Ларри и Дейзи отправились к Пипу и Бетси. Подойдя к калитке, которая вела в их сад, Ларри крикнул:

— Пип! Бетси! Эй! Вы где?

Тут же из-за кустов выскочил Пип, а за ним малышка Бетси.

— Вы уже ходили к сгоревшему коттеджу? — поинтересовался Ларри.

— Да! И знаешь что? В деревне говорят, что это был поджог, а вовсе не несчастный случай! — устрашающе прошептал Пип.

— Поджог... — задумчиво протянул Ларри. — Но кому и зачем понадобилось поджигать этот старый коттедж?

— Понятия не имею, — пожал плечами Пип. — Говорят, что приезжали служащие из страховой компании, что они привезли с собой эксперта. Есть специалисты, которые расследуют причины пожаров. Вот один такой и приехал к нам сюда и будто бы отыскал на месте пожара следы бензина. Кто-то облил коттедж бензином и поджёг его.

— Ну и ну! — развёл руками Ларри. — Кто же это сделал? Значит, у мистера Хика были враги?

— Похоже на то. Ну и повезло же старине А-ну-ка-разойдись! Раз в кои-то веки в нашем тихом уголке стряслось САМОЕ ЧТО НИ НА ЕСТЬ НАСТОЯЩЕЕ ПРЕСТУПЛЕНИЕ! Но только зря он радуется — это преступление ему не по зубам. Не годится он в знаменитые сыщики.

— Ой, смотрите! — воскликнула Бетси. — Это же вчерашний пёс!

И действительно, возле калитки показался чёрный скотчтерьер: он застыл у входа в сад, навострив уши, и будто спрашивал: «А меня вы возьмёте в свою компанию?»

— Привет, Бастер! — засмеялся Ларри. Он наклонился к пёсику и протянул руку, приглашая его подойти поближе. — Какой же ты умница и красавец! Я бы тоже завёл себе такого. У нас с Дейзи никогда не было собаки.

— И у нас с Бетси тоже, — вздохнул Пип. — Эй, Бастер, чем тебя угостить? Косточкой или конфеткой?

— Гав! — ответил Бастер.

Голос у него был на редкость громкий, тем более для такой небольшой собаки.

— Скорее беги на кухню! — сказала Бетси. — Пёсик ждёт угощений!

Пип пошёл к дому, и Бастер побежал за ним, виляя хвостом. Скоро они вернулись. Бастер положил перед собой косточку и конфету и вопросительно посмотрел на Пипа.

— Ты ждёшь, когда я разрешу тебе это съесть? — удивился мальчик. — Какой воспитанный пёс! Конечно, это твоё. Приятного аппетита, Бастер!

Пёс улёгся на траву и захрустел косточкой. Покончив с угощением, он подбежал к ребятам, виляя хвостом и явно намереваясь поиграть с ними.

— Какой славный пёс! — сказал Ларри. — Не чета своему хозяину.

Все засмеялись и стали играть в догонялки с Бастером, но поймать ловкого терьера было делом нелёгким.

Вдруг на улице послышались чьи-то шаги. Вскоре у калитки показался хозяин Бастера.

— Привет! — сказал он. — Вижу, Бастер решил вас проведать. Эй, Бастер, ко мне! Сидеть! Смирно!

Бастер со всех лап кинулся к хозяину — видно было, что пёс души в нём не чает.

— Слышали новости? — спросил мальчик, почёсывая Бастера за ухом. — Ходят слухи, что коттедж подожгли нарочно.

— Да, знаем, — ответил Ларри. — И ты в это веришь?

— Конечно! — заявил мальчишка. — Факт, что так и было. Я с самого начала это подозревал.

— Хвастунишка, — раздражённо пробормотал Ларри. В самом деле, с какой стати этот мальчишка строит из себя Шерлока Холмса?

— Слушайте, — понизив голос, заговорил хозяин Бастера. — Я уже говорил вам, что живу в гостинице возле дома мистера Хика. Окна у нас выходят прямо на его сад. Так вот, вчера я видел возле садовой ограды какого-то бродягу. Наверняка это он поджёг коттедж!

Повисла пауза. Наконец Пип произнёс:

— Да ну! Ерунда какая-то... Зачем было бродяге поджигать мастерскую мистера Хика? И откуда у бродяги бензин?

— Ну, мало ли зачем, — задумчиво ответил мальчик. — Может быть, этот бродяга был зол на мистера Хика и решил отомстить ему. Между прочим, характер у мистера Хика совсем не ангельский. Может, бродяга попросился к нему в коттедж переночевать, а тот его не пустил. Или отказался дать этому бедняку денег. Кто знает...

Все задумались. Пип предложил:

— Пошли в беседку, сядем там и не спеша потолкуем. Похоже, тут кроется какая-то тайна, и, может быть, мы сможем её раскрыть!

Все пошли в беседку — и мальчик вместе с Бастером, хотя его никто и не приглашал. Когда все уселись, Бастер встал передними лапами на колени Ларри, которому это очень понравилось.

— Во сколько ты видел бродягу? — спросил Пип.

— Около шести. Старый, грязный, в драном плаще и в дырявой шляпе, похожей на стоптанный башмак. Он бродил возле изгороди. Бастер тоже заметил его и как следует облаял.

— Он нёс канистру с бензином? — спросил Ларри.

— Нет. У него в руках была только палка.

— Слушайте, слушайте! — вдруг воскликнула Дейзи. — Есть мысль!

Все посмотрели на неё. Дейзи часто посещали внезапные идеи, и некоторые из них были даже очень неплохи.

— Что за мысль? — поинтересовался Ларри.

— Давайте играть в детективов! Мы расследуем это преступление и узнаем, кто поджёг коттедж!

— А кто такие детективы? — спросила восьмилетняя Бетси.

— Это те, кто расследуют таинственные происшествия и находят преступников, — объяснил Ларри. — Их ещё называют сыщиками.

— Чур, я тоже буду сыщиком! — заявила Бетси. — Мне нравится эта игра! Вот увидите, я буду отличным сыщиком!

— Нет, ты ещё слишком маленькая! — строго сказал Пип.

Бетси обиженно надула губки, и на глазах у неё выступили слёзы.

Ларри поддержал Пипа:

— Да, только малышей нам не хватало! Нас ждут неслыханные приключения и страшные опасности. Мы втроём будем Великими и Знаменитыми Сыщиками!

— А мне можно? — вдруг спросил хозяин Бастера. — Я вам пригожусь. Я умею работать головой.

Четверо друзей с сомнением уставились на мальчика.

— Но мы тебя совсем не знаем, — сказал Ларри.

— Так давайте познакомимся. Меня зовут Фредерик Алджернон Троттвиль, — представился мальчик.

— А меня — Лоренс Дейкин, мне тринадцать лет, — ответил Ларри.

— Маргарет Дейкин, двенадцать лет. — Дейзи сделала книксен, как и полагается благовоспитанной юной леди.

— А я Филипп Хилтон, двенадцати лет от роду, к вашим услугам, — шутливо отрекомендовался Пип. — Со мной моя младшая сестра, Элизабет Хилтон, восьми лет.

По завершении церемонии хозяин Бастера недоумённо покачал головой.

— Странно... Насколько я понял, никто из вас не называет друг друга по имени. Ларри — вместо Лоренс, Дейзи — вместо Маргарет, Пип — вместо Филиппа, Бетси — вместо Элизабет... А вот меня все всегда звали Фредериком.

— Ф — Фредерик, А — Алджернон, Т — Троттвиль. Получается ФАТ! — придумал Пип. — Фат* — так мы и будем тебя звать.

Такая кличка явно озадачила Фредерика Алджернона Троттвиля. Он было нахмурился,

---

* Фат — самодовольный франт, щёголь; пустой, любящий порисоваться человек.

но потом передумал сердиться и рассмеялся вместе с ребятами.

— И о чём только думали твои родители, когда выбирали тебе имя! — воскликнула Дейзи. — Надо же было так умудриться, чтобы из первых букв получилось такое слово! Бедный Фредерик! Давай мы всё-таки будем звать тебя Фатти — это звучит симпатичней, чем Фат.

Мальчик тяжело вздохнул. Ему предстояло примириться с тем, что отныне в этой компании он будет Фатти.

— А вы примете меня в свой клуб детективов? — спросил он. — Ведь именно я заметил бродягу и рассказал вам про него.

— Нет у нас никакого клуба, — ответил Ларри. — Просто мы втроём собираемся раскрыть тайну сгоревшего коттеджа, и для этого нам придётся стать сыщиками.

— И я! И я! — захныкала Бетси. — Я тоже сыщик! Я уже совсем большая!

— Давайте примем её, — неожиданно предложил Фатти. — Она, конечно, ещё маленькая, но может нам пригодиться. И давайте примем Бастера! Он отлично умеет находить спрятанные вещи по запаху.

— А разве мы будем что-то искать? — заинтересовался Ларри.

— Ну, не знаю, — пожал плечами Фатти. — Мало ли что бывает, когда стараешься раскрыть тайну...

Бетси захлопала в ладоши:

— Давайте! Давайте играть все вместе! И Фатти, и Бастер! И я, и я тоже!

Почуяв, что речь идет о нём, Бастер звонко тявкнул и протянул Ларри свою мохнатую чёрную лапку.

Трое друзей переглянулись. Это меняло дело. Ради Бастера они были согласны принять в игру Фатти. Бастер мог сыграть роль служебной собаки. Ведь у настоящих детективов всегда есть умный пёс, который помогает выслеживать преступников.

— Идёт! — сказал Ларри. — Играем все вместе! Попробуем раскрыть тайну сгоревшего коттеджа.

— Ура, мы открываем клуб юных сыщиков! — крикнула Бетси. — Теперь мы пять юных сыщиков и пёс-детектив!

Все засмеялись, а Ларри покачал головой и пробурчал:

— Что за выдумки! Детский сад!

Однако к этому названию все как-то быстро привыкли — и оно надолго закрепилось за ними.

— Я читал много детективов и знаю всё о полицейских и преступниках, — заявил Фатти. — Поэтому я должен быть главным.

— Ну уж дудки, — возмутился Ларри. — Каждый из нас знает не меньше твоего, поэтому не вздумай задирать нос! Мы уже поняли, что ты любитель прихвастнуть — так что не думай, что мы легко поверим тебе на слово. А главным буду я, потому что так у нас всегда было во всех наших играх.

— Точно, — кивнул Пип. — Ларри самый умный, и он будет главным сыщиком.

— Четверо против одного, — буркнул Фатти. — Я в меньшинстве. Слышите? Пробили часы. Полдвенадцатого. Мне пора.

— Встречаемся в два часа, после обеда, — скомандовал Ларри. — Попробуем подобрать ключ к этой тайне.

— Ключ? — удивилась Бетси. — Разве тайну открывают ключом, как комнату?

— Глупышка, — вздохнул Пип. — И зачем мы только приняли тебя в сыщики? Какой от тебя прок? Ума не приложу!

Глава третья
Первое совещание

Ровно в два часа, как и договаривались, пятеро юных сыщиков и пёс встретились в саду у Пипа. Хозяин пригласил всех в старую беседку.

— Здесь будет наш штаб, — сказал он. — Беседка стоит в самой глубине сада, среди кустов и деревьев, и к тому же увита плющом. В ней нас никто не заметит.

Сыщики уселись на круглую деревянную скамейку. Бастер прыгнул на колени к Ларри. Ларри это очень понравилось, а хозяин пёсика, похоже, не возражал.

— Итак, — начал Ларри, — объявляю первое совещание открытым. Давайте для начала ещё раз вспомним всё, что нам известно об этом деле, а потом обсудим, что предпринять.

— Ах, как интересно! — От восторга Бетси запрыгала на одной ножке. Она была страшно рада, что её приняли в сыщики.

— Тише, Бетси, не мешай! — одёрнул её Пип.

Бетси тут же уселась на скамейку, сделала серьёзное лицо и застыла, боясь пошевелиться.

— Всем нам известно, что коттедж, который служил мастерской мистеру Хику и стоял в глубине его сада, сгорел этой ночью, — продолжал Ларри. — Самого мистера Хика при этом не было, его шофёр ездил за ним на станцию и встречал его с лондонского поезда. Служащие их страховой компании сказали, что на месте пожара был обнаружен бензин, из-за которого начался пожар. Вполне возможно, что коттедж подожгли нарочно. Сыщики хотят выяснить, кто совершил это преступление. Всё так?

— Именно так! Всё точно, — подтвердил Пип.

Бастер радостно завилял хвостом.

— Я думаю, что прежде всего нам надо... — начал было Фатти, но Ларри тут же прервал его:

— Сейчас говорю я, а не ты! Помолчи и подожди своей очереди!

Фатти послушно умолк, но было заметно, что он обиделся. Отвернувшись от Ларри, он с напускным равнодушием засунул руки в карманы, достал оттуда горсть монет и стал пересыпать их из одной руки в другую.

Ларри продолжал:

— Так вот, я думаю, что прежде всего мы должны разведать, кто был в тот вечер возле мастерской, в саду и возле дома мистера Хика. Фатти сказал, что видел там какого-то бродягу. Мы должны точно узнать, что это был за человек и откуда он взялся, имеет ли он какое-то отношение к пожару. Кроме того, возле коттеджа была кухарка миссис Миннз. Про неё мы тоже должны всё разузнать.

— А разве нам не надо выяснить, были ли враги у мистера Хика? — спросила Дейзи. — Коттеджи не поджигают просто так, ради развлечения. Наверняка злоумышленник сводил счёты с мистером Хиком.

— Отличная мысль, Дейзи! — похвалил сестру Ларри. — Это очень важно: узнать, кто мог затаить обиду на мистера Хика.

— Таких людей сотни, — заметил Пип. — Наш садовник говорит, что у мистера Хика тяжёлый характер и его никто не любит.

— Если вдруг мы узнаем, что кто-то хотел отомстить мистеру Хику и этот кто-то вчера был в саду мистера Хика, мы найдём преступника, — подытожил Ларри.

— А ещё мы должны найти улики, — не утерпел Фатти, снова вмешавшись в разговор.

— Улитки! — радостно пискнула Бетси. — А зачем нам улитки?

— Бетси, глупышка! Улики, а не улитки! — вздохнул Пип.

— Какие такие улики? — поинтересовалась Бетси.

— Улики — это то, что поможет нам узнать, кто совершил преступление, — терпеливо объяснил Ларри. — Например, в детективе, который я только что прочитал, преступник, ограбивший

магазин, оставил на полу окурок. Сыщики нашли его и очень заинтересовались, потому что это была редкая марка сигарет. Они узнали, кто курит такие сигареты, и в конце концов поймали вора. Окурок был уликой, благодаря которой сыщики изобличили преступника.

— А-а-а! Понятно, — сказала Бетси. — Тогда, чур, я первая буду искать улики!

— Мы все будем искать улики, — возразил Ларри. — Мы должны вглядываться, вслушиваться и быть очень внимательными. Например, в саду могут быть следы. Это важная улика. Если мы увидим, что они ведут к коттеджу, скорее всего, это следы преступника.

Фатти презрительно рассмеялся. Все посмотрели на него.

— В чём дело? — сурово спросил Ларри.

— Ни в чём, — отрезал Фатти. — Представляю себе, как вы ползаете на четвереньках, пытаясь распутать следы в саду мистера Хика. Там вчера побывало не меньше сотни человек. Сколько зевак было на пожаре? Как вы думаете?

Ларри покраснел и метнул яростный взгляд на Фатти. Но Фатти и ухом не повёл.

— Поджигатель прятался где-то неподалёку, ожидая своего часа, — снова заговорил Ларри, — а потом перелез через изгородь. Никто из вчерашних зевак не лазил через ограду. Так что мы вполне можем отыскать следы злоумышленника возле изгороди, там, где выкопана канава и где всегда влажная земля.

— Может быть, — кивнул Фатти. — Но разбираться в следах возле коттеджа бесполезно. Кто только там не ходил вчера! И я, и вы, и мистер Гун, и ещё сотня человек.

— Мистер Гун ни в коем случае не должен знать, что мы хотим раскрыть тайну сгоревшего коттеджа, — обеспокоенно заметил Пип.

— Ещё бы! Ведь он сам мечтает её раскрыть! — фыркнула Дейзи. — Небось уже сделал стойку, как гончий пес. Не каждому сельскому полицейскому выпадает такая удача — распутывать САМОЕ ЧТО НИ НА ЕСТЬ НАСТОЯЩЕЕ ПРЕСТУПЛЕНИЕ!

— Мы ни в коем случае не будем посвящать А-ну-ка-разойдись в наше расследование, — сказал Ларри. — Представляете, какой у него будет глупый вид, когда он узнает, что мы нашли преступника! А я уверен, что мы раскроем тайну, только надо как следует потрудиться и держаться всем вместе.

— С чего мы начнём? — спросил Пип, которому уже давно не терпелось что-нибудь предпринять.

— Мы начнём с поиска улик, — ответил Ларри. — Постараемся найти этого бродягу в рваном плаще и старой шляпе, которого видел Фатти. Попробуем разузнать, кто мог желать зла мистеру Хику. Разведаем, кто имел возможность накануне пожара проникнуть в коттедж.

— Думаю, надо бы поговорить с миссис Миннз, — задумчиво произнесла Дейзи. — Если кто-то заходил в сад в тот день, она наверняка это заметила. А кто ещё работает у мистера Хика, кроме кухарки и водителя?

— У него ещё есть помощник, но я не знаю, как его зовут, — ответил Ларри. — Надо разузнать про него. Так что нам есть чем заняться.

— Сначала надо найти улики! — заявила Бетси с таким видом, будто эти самые улики валялись под ногами, а сыщикам оставалось только наклониться и подобрать их.

— Точно! — кивнул Ларри, которому не терпелось приступить к делу. — Только вот что: если кто-нибудь заметит, что мы рыскаем в саду мистера Хика, нам несдобровать. Поэтому давайте я подброшу туда монетку, и, если нас спросят, что мы там высматриваем, мы ответим, что потеряли монетку. Это будет наш план прикрытия.

— Хорошо, — отозвался Пип. — Пошли скорей! А потом кто-нибудь из нас поговорит с миссис

Миннз. Думаю, она будет рада обсудить происшествие и расскажет нам немало интересного.

Бастер спрыгнул с колен Ларри и побежал к калитке, виляя хвостом.

– Он понял всё, что мы говорили! – сказала Бетси. – Вот увидите, он найдёт больше всех улик.

– Ну и мы от него не отстанем! – засмеялся Ларри. – Вперёд, сыщики! Нас ждут приключения!

Глава четвёртая
Улики и полицейский А-ну-ка-разойдись

Пятеро ребят и Бастер вышли на улицу и направились к дому мистера Хика. Обогнув его, они подошли к лужайке, на которой стоял сгоревший коттедж. Они остановились возле маленькой деревянной калитки: прямо от неё бежала укромная, заросшая травой дорожка, которая, петляя между кустами, вела к коттеджу. Ребята были уверены, что, если они пройдут по ней, их никто не заметит. Они открыли калитку и вошли в сад.

В этот тёплый, солнечный апрельский день всё вокруг зеленело и цвело. Под ногами были рассыпаны жёлтые звёздочки чистотела. Однако в воздухе всё ещё чувствовался противный запах гари и дыма.

На лужайке ребята увидели то, что осталось от коттеджа — обгорелую закопчённую груду досок. Когда-то это был небольшой домик с двумя комнатами. Мистер Хик убрал между ними перегородку и превратил их в одну большую студию-мастерскую.

— Ну вот, — прошептал Ларри. — Сейчас мы должны внимательно всё тут осмотреть. Может быть, найдём что-нибудь такое, что поможет нашему расследованию.

Разумеется, было совершенно бессмысленно пытаться отыскать что-либо там, где прошлой ночью стояла толпа зевак: на том месте всё было истоптано, повсюду виднелось множество следов. Юные сыщики стали обследовать заросшую дорожку к коттеджу и канаву вдоль изгороди.

Бастер тоже участвовал в поисках, но, поскольку ему никто не объяснил, что надо искать, он решил, что его задача — ловить кроликов. Он нашёл кроличью нору, засунул в неё нос и принялся усердно рыть лапами землю. Какая досада, что кролики делают такой узенький вход в своё жилище! Если бы пёс мог залезть туда, он живо переловил бы всех ушастых попрыгунчиков.

— Смотрите, Бастер тоже охотится за уликами, — засмеялся Пип.

Ребята искали следы. Однако ни на дорожке, ни в зарослях чистотела, окружавших тропинку, их не было.

Пип брёл вдоль изгороди, там, где шла канава, над которой нависали кусты ежевики и шиповника. И вдруг...

Задыхаясь от волнения, он позвал остальных:

— Эй! Сюда! Скорей! Я кое-что нашёл!

В мгновение ока все оказались возле Пипа — и быстрее всех Бастер.

— Ну, что там? — спросил Ларри.

Пип показал на канаву: она заросла крапивой, и в одном месте крапива была примята. Ясно, что кто-то стоял здесь, на дне канавы, — в грязи, среди крапивы. Зачем? Ответ был очевиден: этот кто-то не хотел, чтобы его видели!

— Но это ещё не всё! — сказал Пип. — Смотрите!

Он показал на изгородь: в ней зияла большая дыра, вокруг неё торчали сломанные прутья и жерди. Кто-то проломил ограду, чтобы пролезть в сад.

— Ух ты! — Дейзи всплеснула руками, глаза её округлились от изумления. — Ведь это улика, правда, Ларри?

— Да ещё какая! — с довольной улыбкой ответил тот. — Пип, а следов ты здесь не видел?

Пип покачал головой:

— Тот, кто проник сюда, всё время ступал по крапиве. Вот, смотри — здесь видно, как он шёл. Крапива примята, сломана...

Ребята внимательно рассматривали поломанные стебли крапивы. Канава шла к коттеджу и огибала его — но там искать было бесполезно. Среди сотен отпечатков невозможно было бы определить следы того, кто пролез через изгородь и ждал своего часа, стоя в канаве.

— Слушайте, если мы не можем обнаружить следы этого человека в саду, может быть, надо поискать с той стороны ограды? — предложил Фатти. — Давайте пролезем через этот пролом и посмотрим, не оставил ли он улик снаружи.

Ребята один за другим вылезли через дырку на луг. Последним был Фатти. Оказавшись снаружи, он кое-что заметил — клочок серой фланели, который болтался на остром шипе ежевики. Фатти свистнул, дёрнул Ларри за рукав и ткнул пальцем в клочок ткани:

— Он порвал одежду об этот шип, когда пролезал в дырку. Видишь! Мы неплохо продвинулись в поисках улик. Теперь мы знаем, что он был одет в серое фланелевое пальто или костюм.

Ларри осторожно снял клочок ткани с шипа и положил в спичечный коробок. Ему было досадно, что находка досталась не ему, а Фатти.

— Везёт тебе! — сказал он. — Да, это может быть очень ценной уликой.

— Фатти нашёл улику! — радостно объявила Бетси.

Все поспешили назад к ограде, чтобы поскорей узнать, что отыскал Фатти. Ларри открыл спичечный коробок и продемонстрировал всем кусочек серой фланели.

— Ну вот, теперь осталось только найти человека, у которого есть серый фланелевый костюм или фанелевое пальто, а в нём — дырка от шипа! — Дейзи произнесла это таким довольным тоном, будто тайна уже была полностью раскрыта.

— По-моему, мы гораздо сообразительней мистера А-ну-ка-разойдись, — заметил Пип.

— У меня глаз-алмаз. — Фатти был очень горд собой. — Никто из вас не заметил этой улики, кроме меня! Я же говорил, что умею работать головой.

— Всё, хватит! — Ларри топнул ногой. — Перестань хвастать. Тебе просто повезло — вот и всё. — Он положил кусочек фланели обратно в коробок.

Всех охватило радостное возбуждение. Бетси захлопала в ладоши:

— Какая чудесная игра! Мне очень нравится быть сыщиком!

— Ты-то чему радуешься? — спросил её Пип. — Я нашёл место, где в сад пролез злоумышленник, Фатти — кусок ткани. А от тебя пока ещё не было никакого проку.

Наконец настала и очередь Ларри. Именно он нашёл след! И кстати, тоже совершенно случайно. Из пролома в изгороди сыщики вылезли на заросший травой луг — на нём, разумеется, нельзя было обнаружить никаких следов. Однако на том лугу явно побывал фермер: неподалёку от изгороди он снял кусок дёрна, и на влажной земле остался отпечаток ноги.

— Наверное, это следы фермера, — покачал головой Пип.

— Нет! Вот они. — Ларри показал на большие следы от сапог, которые виднелись по краям участка со снятым дёрном. — Ну и громадина этот фермер! У него, наверное, сорок пятый размер, а этот отпечаток не больше сорокового. Уверен, что это след того человека, которого мы ищем. Давайте посмотрим, не оставил ли он ещё где-нибудь отпечатков.

Ребята принялись за поиски. На траве, конечно, ничего нельзя было разглядеть, поэтому смотреть стали на краю луга, и Дейзи нашла ещё три отпечатка – прямо возле ступенек, которые вели на улицу.

– Это те же самые? – крикнула она остальным.

Все поспешили к Дейзи и принялись внимательно разглядывать следы. Наконец Ларри утвердительно кивнул:

– Да, похоже на то. Смотрите – подошвы резиновые, узор идёт крест-накрест, а вот и товарный знак. А ну-ка, Пип, сбегай, посмотри на тот, первый отпечаток – там такая же маркировка?

Пип бегом вернулся туда, где фермер срезал кусок дёрна и где Ларри нашёл первый след. Да, всё совпадало – и узор на подошвах, и товарная маркировка.

– Да! – изо всех сил крикнул Пип. – Всё то же! Точь-в-точь!

– Прекрасно! – произнёс Ларри. – Но, боюсь, нам здесь больше делать нечего. На улице земля твёрдая, там не могло остаться следов. Но нам и так уже известно немало. Мы знаем, что какой-то человек зачем-то прятался возле изгороди, знаем, какого размера, с какой подошвой и даже какой фирмы была на нём обувь! Неплохо для начала!

– Давайте я срисую эти следы, – сказал Фатти. – Я измерю их, уточню размер обуви и сделаю точную копию знаков на подошве. Останется только найти эту обувь – и мы раскроем поджигателя!

– Мы знаем, какая на нём была обувь, какой был костюм, – сказал Ларри, показывая на спичечный коробок, в котором хранился кусочек серой фланели. – Спорим, что наш полицейский А-ну-ка-разойдись не заметил бы этих улик!

– Пойду-ка я в гостиницу, возьму бумагу и карандаш, чтобы зарисовать следы, – с важным видом произнёс Фатти. – Вам повезло, что я хорошо рисую! В последней четверти у меня была пятёрка по рисованию.

– Да, ты любитель порисоваться, – усмехнулся Ларри.

– А ты, похоже, тут самый скромный, – огрызнулся Фатти, которому не нравилось, что Ларри постоянно одёргивает его.

– Да, он скромный! – Дейзи бросилась на защиту брата. – Он очень умный, но не хвастается и не задаётся, как ты, Фредерик Алджернон Троттвиль!

– Хватит! – вмешался в ссору Пип. – Давайте лучше вернёмся к сгоревшему коттеджу и поищем ещё улики.

– Да, давайте! – сказала Бетси. – Я тоже хочу найти улику. Все что-то нашли, кроме меня!

У малышки был такой грустный вид, что Фатти поспешил её утешить:

— Бастер тоже ничего не нашёл, хотя искал изо всех сил. Не расстраивайся, Бетси, я уверен, что скоро и ты найдёшь что-нибудь очень важное!

Сыщики отправились в сад — все, кроме Фатти, который пошёл к себе в гостиницу за карандашами и бумагой. Друзья стояли и смотрели на сгоревший коттедж, когда вдруг сзади раздался грозный окрик:

— А что это вы тут делаете? А ну-ка разойдись!

— Ух ты! Это старина А-ну-ка-разойдись! — прошептал Ларри. — Быстрее! Переходим к плану прикрытия!

Дети встали на четвереньки и поползли в разные стороны, притворяясь, что они ищут потерявшуюся монетку.

— Вы слышали мой вопрос? — прорычал полицейский. — Что вы тут делаете?

— Я потерял монетку, — ответил Ларри.

— Ну конечно, ты уронил её, когда вы примчались сюда прошлой ночью, чтобы путаться под ногами, — нахмурил брови мистер Гун. — Ох уж эти современные дети! Что за воспитание! Всюду суют свой нос, мешают работать! Никакого уважения к взрослым. А ну-ка разойдись!

— О! Вот она! — вдруг воскликнул Ларри, подняв монетку, которую он аккуратно положил в заросли чистотела, как только ребята пришли в сад к сгоревшему коттеджу.

— Монетка нашлась, мистер Гун! Мы можем идти.

— Так идите! — проворчал полицейский. — У меня полно работы — серьёзной, ответственной работы, детям здесь не место!

— Будете искать улики? — поинтересовалась Бетси и тут же почувствовала толчок от испугавшегося Пипа.

К счастью, А-ну-ка-разойдись пропустил её слова мимо ушей. Он выдворил ребят из сада и закрыл за ними калитку, напутствовав их на прощание:

— Отправляйтесь-ка домой, не путайтесь под ногами и не мешайте работать!

— Не путайтесь под ногами! — негодующе повторил Ларри. — Он думает, что дети только путаются под ногами и больше ни на что не способны. Если бы он только знал, что мы нашли сегодня! Представляете его лицо? Да он бы позеленел от злости!

— Правда? — У Бетси даже глаза округлились от удивления. — Он стал бы совсем-совсем зелёный? Как крокодил? Как интересно!

– Ах, тебе интересно? Я тоже чуть не позеленел, когда ты ляпнула ему про улики! – сурово сказал Пип. – Ещё бы немножко, и ты бы рассказала ему, что мы ищем улики и уже нашли кое-что. И зачем мы приняли тебя в сыщики?

– Я бы ни за что не сказала ему, что мы кое-что нашли! – захныкала Бетси. – Ой! Смотрите! А вот и Фатти! Надо предупредить его, что тут А-ну-ка-разойдись.

Ребята догнали мальчика и сообщили ему, что в саду появился полицейский. Фатти подумал и решил, что вернётся и перерисует следы позже. Ему совсем не хотелось столкнуться возле изгороди с А-ну-ка-разойдись, да и Бастеру тоже.

– Уже пять, – сказал Ларри, взглянув на часы. – Пора на файф-о-клок! Встречаемся завтра в десять утра у Пипа в беседке. Сегодня был на редкость удачный день! Мы все молодцы. Дома я запишу в дневник события этого дня и подробно опишу улики, которые мы обнаружили. Быть сыщиками очень увлекательно!

Глава пятая
Фатти и Ларри кое-что узнают

На следующее утро в десять часов пятеро сыщиков и Бастер снова собрались в беседке. Фатти с важным видом достал лист бумаги, на котором он зарисовал два следа – правый и левый в натуральную величину. Юный талант точно скопировал и рисунок подошвы, и товарную маркировку.

Все принялись внимательно рассматривать рисунки.

– Неплохо получилось, а? – заявил Фатти, надувшись от гордости как индюк. – Я же говорил, что отлично рисую!

Он опять вёл себя как хвастунишка и задавака — и ребята разозлились.

Ларри поманил Пипа и шепнул ему на ухо:

— Давай-ка собьём с него спесь!

Пип засмеялся и кивнул. Ларри взял рисунок и стал придирчиво его разглядывать.

— Да, в общем, неплохо! — сказал он. — Вот только туловище получилось не очень.

— Да и уши вышли так себе, — тут же подключился Пип. — Особенно правое.

У Фатти округлились глаза и перехватило дыхание. Он уставился на свои рисунки, пытаясь понять, о чём говорят его приятели. Ведь на листе нарисованы отпечатки подошв. Что всё это значит?

— Говорят, что самое трудное — это рисовать руки, — продолжал Ларри, прищурившись и держа рисунок в вытянутой руке. — Тут Фатти надо ещё потренироваться.

Дейзи еле удерживалась от смеха, а Бетси встала на цыпочки, чтобы получше разглядеть рисунок. Она никак не могла понять — где же на нём туловище, уши и руки, о которых рассуждали Ларри и Пип?

Фатти наконец догадался, в чём дело. Вспыхнув от гнева, он выхватил рисунок у Ларри и крикнул:

— Опять эти ваши шуточки? Вы прекрасно видите, что здесь нарисованы следы, которые мы нашли у изгороди!

— Ах вот оно что! — развёл руками Пип. — Надо же! Ну теперь всё понятно! А мы-то ломали голову, что бы это могло быть!

Тут Дейзи не выдержала и покатилась со смеху. Фатти с обиженным видом засунул рисунок в карман. Бастер вспрыгнул на колени к хозяину и лизнул его в нос.

Бетси тоже догадалась, в чём дело, и, как всегда, простодушно назвала вещи своими именами.

— Я поняла! — воскликнула она. — Это была шутка! Правда, Ларри? Как только я увидела рисунок, я сразу поняла, что это те самые следы — Фатти отлично их нарисовал! Поэтому я очень удивилась, когда вы с Пипом стали говорить про какие-то уши и руки. Фатти, ты прекрасный художник! Я тоже хочу научиться так хорошо рисовать!

Фатти, который собрался было уйти, снова уселся на лавку. Ребята заулыбались, довольные тем, что проучили хвастунишку. Конечно, было жестоко так подшучивать над Фатти, но его бахвальство всех раздражало.

Совещание началось.

— Я записал события вчерашнего дня, — сообщил Ларри, доставая из кармана маленький блокнот. Открыв его, он прочёл список улик, обнаруженных юными сыщиками, и, повернувшись к Фатти, сказал: — Дай мне твой рисунок. Мы должны спрятать его вместе с моими записями и клочком ткани в укромном месте. Это очень важные материалы в нашем расследовании. Где мы будем их хранить?

— Здесь, в беседке! — сказал Пип. — Смотри, Ларри: прямо за твоей спиной находится доска, её можно немного сдвинуть. А за ней — тайник: я обнаружил его, ещё когда был такой же маленький, как Бетси. Я много раз прятал там разные вещи, и никто ни разу их не нашёл. Мы можем положить туда наши секретные материалы.

Пип слегка отодвинул доску и показал всем тайник. Особенно заинтересовался им Бастер: он встал на задние лапы и принялся обнюхивать и царапать доску.

— Он, наверное, думает, что это кроличья нора, — предположила Бетси.

Блокнот, рисунок и спичечный коробок с клочком ткани бережно положили в тайник и закрыли доской. Все были довольны, что нашлось надёжное место и можно не опасаться за сохранность улик.

— Ну, чем мы займёмся сегодня? — спросил Пип. — Надо двигаться вперёд, иначе полиция раскроет тайну быстрее нас.

— Кто-то из нас должен взять интервью у кухарки миссис Миннз. — Сказав это, Ларри заметил, что Бетси не знает, что значит «интервью», и пояснил: — Один из нас поговорит с миссис Миннз и постарается выведать у неё всё, что она знает о происшествии. Понятно?

Бетси кивнула:

— Понятно. Я могла бы поговорить с ней.

— Ты? — презрительно фыркнул Пип. — Нужно, чтобы миссис Миннз выдала нам все секреты. А ты, наоборот, выболтаешь всё, что нам известно об этом деле! Ты сразу же расскажешь ей, чем мы занимались весь вчерашний день. Ты не умеешь хранить тайны. Тебе нельзя доверить ни одного даже самого маленького секрета!

— Неправда! — топнула ногой Бетси. — Я умею хранить секреты! Я не выдала ни одного секрета с тех пор, как мне исполнилось шесть лет!

— Ну хватит, прекратите! — прикрикнул на них Ларри. — Я думаю, что к миссис Миннз пойдут Дейзи и Пип. Дейзи сумеет ловко разговорить её, а Пип будет следить, не появились ли на горизонте А-ну-ка-разойдись или мистер

Хик. Нельзя, чтобы они догадались, о чём Дейзи говорит с кухаркой.

– А у меня какое будет задание? – скромно поинтересовался Фатти.

– А мы с тобой пойдём и побеседуем с шофёром мистера Хика, – ответил Ларри. – Может быть, он расскажет нам что-нибудь интересное. По утрам он обычно моет машину.

– А я?! – захныкала Бетси. – А я что буду делать? Дайте мне тоже какое-нибудь поручение! Я тоже сыщик!

– А для тебя у нас нет никакого дела, – строго ответил Ларри.

Бетси так сникла, что Фатти стало её очень жалко.

– Можно попросить тебя помочь нам? – спросил он. – Мы не сможем взять с собой Бастера, когда пойдём разговаривать с шофёром. Не могла бы ты погулять с ним?

Бетси мгновенно воодушевилась:

– Ой, как здорово! Конечно же я погуляю с Бастером! Может быть, нам повезёт и мы найдём ещё какие-нибудь улики!

– Конечно, – сказал Ларри. – Идите гулять и смотрите во все глаза!

Бетси взяла Бастера за поводок и отправилась с ним вниз по улице к большому лугу. По дороге она несколько раз объяснила пёсику, что он должен быть умницей и искать не кроликов, а улики.

— За работу! — скомандовал Ларри. — Дейзи и Пип, ступайте к миссис Миннз.

— А под каким предлогом мы к ней явимся? — задумчиво спросила Дейзи.

— Придумайте что-нибудь, — нетерпеливо бросил Ларри. — Сыщики должны быть сообразительными. Если тебе ничего не приходит в голову, может, у Пипа появится хорошая идея.

— Нам лучше не идти всем вместе. Давайте разделимся. Вы с Фатти пойдёте вперёд, а мы следом.

Все согласились, что так будет лучше, и Ларри с Фатти первыми вышли из калитки. Вскоре они подошли к дому мистера Хика, который стоял не прямо на улице, а немного в стороне. К дому примыкал гараж. Оттуда доносился мелодичный свист — кто-то насвистывал песенку. Это был шофёр мистера Хика.

— Он моет машину, — шепнул Ларри. — Идём! Сначала мы сделаем вид, что ошиблись домом, а потом предложим ему помощь.

Мальчики подошли к гаражу и увидели автомобиль, а возле него — молодого парня, который ловко орудовал щётками и тряпками. Это был шофёр мистера Хика.

— Доброе утро! — громко произнёс Ларри. — Скажите, пожалуйста, здесь живёт миссис Томпсон?

— Нет, — ответил шофёр. — Это дом мистера Хика.

— Правда? Странно... — пробормотал Ларри, старательно изображая недоумение. Потом он перевёл взгляд на машину. — Какой у вас красивый автомобиль!

— Ещё бы! Это «роллс-ройс»! — гордо ответил шофёр. — Водить такую машину — одно удовольствие. Надо успеть отмыть её, пока хозяин не собрался ехать по делам.

— Давайте мы вам поможем! — предложил Ларри. — Мы можем натереть стёкла и фары. Мой папа всегда зовёт меня в помощники, когда ему надо помыть нашу машину.

Через минуту оба мальчика уже усердно драили автомобиль и беседовали с шофёром.

— Слыхали про пожар? — спросил водитель, доставая баллончик с полиролью. — Хозяин просто вне себя от того, что у него сгорели какие-то ценные бумаги. Ходят слухи, что коттедж загорелся не просто так. Похоже, его подожгли. Ну что ж, неудивительно! Пикс вообще всё время удивлялся, что никто ещё не поколотил мистера Хика за то, как он ведёт себя с окружающими.

— Пикс? А кто это? — Ларри навострил уши.

— Он служил у мистера Хика — был разом и за дворецкого, и за привратника, и за секретаря, — объяснил шофёр. — Но сейчас его уже нет в доме. Он уволился — как раз в тот день, когда случился пожар.

— А почему он уволился? — с невинным видом поинтересовался Фатти.

— На самом деле он вовсе не уволился, — мрачно ответил шофер. — Он поссорился с хозяином, и мистер Хик его вышвырнул. Пикс взял расчёт и отправился восвояси. Ну и кричали они друг на друга! Я думал, дело до драки дойдёт.

— Из-за чего они поссорились? — спросил Ларри.

— Хозяин узнал, что Пикс иногда брал без спроса его вещи. Надевал его одежду. Дело в том, что они носят один и тот же размер. Пиксу нравилось изображать из себя джентльмена. Как-то раз я видел, как он нарядился в новый тёмно-синий костюм хозяина да ещё нацепил его галстук, синий в красный горошек, и взял трость с золотым набалдашником. Расхаживал по комнатам и смотрелся в зеркала — фу-ты ну-ты, важная птица! Павлин, да и только!

— Ах, вот оно что! — сказал Фатти. — Ну, тогда ничего удивительного, что мистер Хик разозлился на него и выгнал с работы. А Пикс, наверное, обиделся на хозяина?

– Ещё бы! – усмехнулся шофёр. – Он был зол, как сто чертей. Явился ко мне и начал проклинать хозяина – такого наговорил, у меня чуть уши не завяли. Ушёл он от нас около одиннадцати утра. Его мать-старушка живёт в соседней деревне. То-то она, должно быть, удивилась, увидев, как её сыночек, мистер Хорас Пикс, марширует по дороге с саквояжем в разгар рабочего дня!

Мальчики переглянулись – у обоих одновременно промелькнула одна и та же мысль. Что, если это Пикс поджёг коттедж? Надо срочно разузнать, где был и что делал Хорас Пикс вечером накануне пожара.

Окно в доме распахнулось, и раздался грозный окрик:

– Томас! Готова наконец машина? Что ты там копаешься, дармоед? Я за что тебе деньги плачу? Если так будет продолжаться, я в два счёта дам тебе отставку – и чао*!

– Это хозяин, – прошептал Томас. – Лучше бегите-ка отсюда, пока он вас не заметил. Спасибо за помощь, ребята!

---

* Чао – до свидания *(итал.)*.

Отойдя немного от гаража, мальчики оглянулись. В окошке они увидели мистера Хика: в руке он держал чашку горячего какао и сердито смотрел вниз, туда, где Томас полировал машину.

— Чао-какао! — хихикнул Ларри. — Мистер Хик — сама доброта и любезность!

Фатти тоже засмеялся.

— Давай будем звать его мистер Чао-Какао! Однако мы ловко провернули эту операцию и узнали кое-что интересное. Готов поспорить, что пожар устроил Хорас Пикс! Как ты думаешь, Ларри?

— Давай сначала дождёмся Пипа и Дейзи, — ответил Ларри. — Интересно, удастся ли им выудить что-нибудь стоящее из миссис Миннз?

— Может, и удастся, но, уж конечно, их улов не сравнится с нашим! — по своей старой привычке прихвастнул Фатти.

Мальчики вышли на улицу и не спеша направились к штабу сыщиков, то есть к беседке в саду Пипа.

Глава шестая
Миссис Миннз рассказывает много интересного

Меж тем у Дейзи и Пипа дела тоже шли неплохо. Они дошли до сада мистера Хика, остановились у входа и заспорили о том, под каким предлогом им заглянуть к миссис Миннз. И тут они ясно услышали, как кто-то сказал: «Мяу!»

Дейзи спросила Пипа:

— Ты слышишь? Наверное, где-то рядом кошка! — и оглянулась по сторонам, пытаясь определить, откуда раздаётся мяуканье.

«Мяу» послышалось опять. Дети посмотрели на дерево и увидели, что прямо над их головами на ветке сидит чёрный котёнок с белыми лапками и белой манишкой. По его несчастной мордочке сразу было ясно: малыш забрался слишком высоко и теперь не может слезть.

– Бедняжка! – воскликнула Дейзи. – Пип, ты можешь снять его оттуда?

Пип кивнул и полез на дерево. Вскоре он уже спускался вниз, держа на руках котёнка. Дейзи взяла малыша и прижала его к груди.

– Чей же он, интересно? – спросила она.

– Может быть, это котик миссис Миннз, – радостно ответил Пип. – Так это или нет, но у нас теперь есть отличный предлог заглянуть к ней на кухню!

– Точно! – обрадовалась Дейзи. – Пошли скорей!

Ребята зашли в сад и направились к кухне. Девушка лет шестнадцати подметала двор, поднимая облака пыли, а из кухни лился нескончаемый поток слов:

– ...и смотри, аккуратней, Лилли, не оставляй за собой сор – убери все бумажки! В прошлый раз, когда ты подметала двор, ты не заметила разбитую бутылку. Там ещё валялась старая газета и всякий мусор. Ничегошеньки-то ты не умеешь: ни подметать, ни посуду мыть, ни пироги печь! Одно слово – неумёха! Какая из тебя помощница! Только лишняя обуза – вместо того чтобы готовить обед для хозяина, я должна присматривать за тобой, лентяйкой эдакой, и учить тебя самым простым вещам – тому, что и так должна уметь каждая девушка!

Эту тираду миссис Миннз произнесла залпом, ни разу не остановившись, чтобы перевести дух. Девушка как ни в чём не бывало продолжала орудовать метлой, пропустив сетования кухарки мимо ушей.

– Добрый день! – сказал Пип. – Скажите, пожалуйста, это не ваш котёнок?

– Миссис Миннз! – крикнула девушка с метлой. – Тут какие-то дети принесли котёнка!

Миссис Миннз появилась в дверях кухни. Это была пухленькая, румяная женщина, с круглыми щеками и круглыми боками, в платье с засученными рукавами и в переднике, перепачканном мукой.

– Это не ваш котёнок? – повторил Пип, а Дейзи протянула малыша кухарке.

Та всплеснула руками.

– Ах ты, неслух! Опять убежал! Где вы его нашли? – Миссис Миннз взяла котика и прижала его к груди. – Ириска! Кис-кис! Держи своего котёнка! Как тебе не стыдно, Ириска! Почему ты не следишь за своим сыночком?

Из кухни вышла большая чёрно-белая кошка, потёрлась о ноги миссис Миннз и важно прошествовала в сад. Котёнок запищал, пытаясь вырваться из объятий кухарки. Та наклонилась и осторожно поставила его на землю. Малыш тут же со всех лап припустился вслед за кошкой.

— Так это его мама? — спросила Дейзи.

— Да! У неё ещё двое котят, — ответила миссис Миннз. — Хотите посмотреть? Такие милые малыши! Собак я недолюбливаю, а кошек просто обожаю!

Дети зашли в кухню. В углу стояла корзинка, а в ней мирно спали два чёрно-белых котёнка.

— Ах, какие чудесные котики! — восхитилась Дейзи. — А можно мне немножко с ними поиграть?

Это был удачный предлог задержаться на кухне и постараться выпытать что-нибудь у миссис Миннз.

— Хорошо, можете побыть здесь, только не мешайтесь под ногами! — Она достала большой пакет муки. — Я собираюсь замесить тесто для пирогов. Откуда вы, дети? Где живёте?

— Тут рядом, надо немножко пройти вверх по улице, — ответил Пип. — Прошлой ночью мы прибежали сюда, как только начался пожар.

Напоминание о пожаре сразу выбило миссис Миннз из колеи. Она шумно вздохнула, бросила пакет на стол, упёрла руки в боки и замотала головой так сильно, что её круглые щёчки так и запрыгали.

— Ужас! Какой же это был ужас! — запричитала она жалобным голосом. — Когда я увидела, что творится, я чуть не упала в обморок! У меня чуть душа с телом не рассталась!

Дети переглянулись: было очевидно, что душе миссис Миннз очень уютно в её пухленьком, кругленьком теле, и потому душа вряд ли согласилась бы так легко его покинуть.

А миссис Миннз продолжала говорить без умолку:

— Я сидела здесь на кухне и беседовала со своей сестрицей. Я так устала за день и больше не могла ничем заниматься. И вдруг моя сестра говорит: «Мария! Что-то горит! Пахнет гарью!»

Дейзи перестала гладить котят и подошла поближе к миссис Миннз. Пип тоже был весь внимание.

— Так вот, — продолжала кухарка, довольная тем, что её рассказ так захватил юных слушателей. — Говорю я, значит: «Ханна!» — мою сестру зовут Ханна, — значит, говорю я ей: «Ханна! И вправду что-то горит! Уж не забыла ли я выключить духовку, где стоит жаркое?» А Ханна-то мне и отвечает: «При чём тут духовка, Мария? Дым валит к нам в кухню снаружи, из сада!» Тут я выглянула в окно — а там... Ох, ну и ну! Дым до небес! Пламя! А жаром так и пышет, как из паровозной топки!

— Представляю себе, что вы пережили! — всплеснула руками Дейзи.

— «Слушай-ка, — говорю я сестре, — сдаётся мне, что это горит мастерская хозяина!» — продолжала миссис Миннз. — Ну и денёк выдался! Сначала мистер Пикс разругался с хозяином, забрал все свои пожитки и ушёл из дома. Потом явился мистер Вунькас, и они с хозяином так кричали друг на друга, что я боялась, как бы не дошло до смертоубийства! А потом в сад залез какой-то грязный бродяга, и мистер Хик поймал его, когда тот воровал яйца в нашем курятнике! А в довершение всего — этот ужасный пожар!

Дети слушали затаив дыхание. Миссис Миннз обрушила на них целый поток новостей. Ну и ну! Похоже, накануне пожара в этом доме все только и делали, что ругались.

Пип спросил:

— А кто такой этот мистер Пикс?

— Он служил здесь, у мистера Хика. Был его дворецким и секретарём. Тот ещё фрукт, доложу я вам! Я старалась держаться от него подальше. Ни капельки не удивлюсь, если пожар – его рук дело. С него станется!

Тут Лилли вмешалась в разговор:

— Ничего подобного! Мистер Пикс – настоящий джентльмен. Он и мухи не обидит! Не такое у него воспитание! – Лилли с грохотом воткнула метлу в чулан среди старых тазов и вёдер. – Если уж кто и способен на такое дело, так это старик Вунькас.

Дети переглянулись и захихикали.

— Неужели его и в самом деле так зовут? – спросил Пип. – Наверное, это не имя, а кличка?

— Никакая это не кличка! – ответила миссис Миннз. – Это его фамилия. И она очень ему подходит. Куда только смотрит его экономка! Вечно ходит в старой драной одежде, носки все в дырках, шляпой как будто в футбол играли. Но правда, надо сказать, он большой дока по части старых книг и рукописей – настоящий знаток!

— А почему они поругались с мистером Хиком? – спросил Пип.

— Кто ж их знает, что они не поделили? – развела руками миссис Миннз. – Да они вечно ссорятся. Они оба много знают и постоянно спорят обо всём. Никогда друг с другом не соглашаются. После каждого учёного спора старик Вунькас выходит от мистера Хика злой как собака, что-то бормочет себе под нос, размахивает руками. И вечно ка-а-ак хлопнет за собой дверью! У меня аж все блюдца в буфете звенят. Но насчёт того, что он мог поджечь коттедж, — нет, в это я не верю. Это Лилли на него наговаривает. Он и зажигалкой-то не умеет пользоваться, где уж ему устроить пожар! Уверена, это сделал мистер Пикс! Затаил злобу и отомстил хозяину.

— Нет, мистер Пикс никогда бы так не поступил! — Лилли снова кинулась на защиту бывшего слуги. — Он такой милый молодой человек! Вы не имеете права так говорить о нём! То, что вы сказали, миссис Миннз, — это просто клевета!

Услышав это, миссис Миннз вышла из себя:

— Ах ты, дерзкая девчонка! Да как ты смеешь при мне рот раскрывать? Не твоё дело указывать мне, на что я имею право, а на что не имею! Сначала научись как следует мести двор, мыть полы и вытирать пыль в комнатах! Пойди убери наконец паутину из угла — вон она там, прямо на тебя смотрит! — а потом будешь старших поучать. Бессовестная!

— Я не бессовестная! — со слезами на глазах попробовала возразить бедняжка Лилли. — Я только хотела сказать, что...

— Меня вовсе не интересует, что ты хотела сказать! — прикрикнула на неё миссис Миннз, стукнув по столу скалкой. — Лучше пойди и принеси мне масло. После твоей уборки я всё утро его не могу найти. А своё мнение оставь при себе, уж будь добра!

Дейзи и Пипа совсем не интересовало, куда делось масло. Им хотелось узнать больше о людях, с которыми ругался мистер Хик, ведь все они могли пожелать свести с ним счёты. Судя по всему, к числу таких людей относились и бывший слуга мистер Пикс, и старый чудак мистер Вунькас, знаток старинных книг и рукописей. Однако миссис Миннз упомянула ещё и бродягу...

— А мистер Хик, наверное, здорово разозлился, когда увидел, как бродяга крадёт яйца? — спросил Пип.

— Разозлился? Не то слово! Вы бы слышали, как он кричал — на весь дом, на весь сад, даже на улице было слышно! — затараторила миссис Миннз. — Я ещё подумала: «Ну, хозяин показал свой нрав!» А лучше бы он показывал его хоть иногда этой негодной лентяйке Лилли!

В кухню вошла Лилли и с громким стуком поставила на стол маслёнку. Глаза у неё были красные и заплаканные, и детям стало очень жаль бедняжку.

Миссис Миннз прикрикнула на неё:

— Если разобьёшь маслёнку, скажу хозяину — пусть вычтет из твоего жалованья! И хватит крутиться на кухне! Займись наконец делом — вымой заднее крыльцо.

Лилли взяла ведро, тряпку и вышла, не проронив ни слова. Пип продолжил разговор:

— А расскажите, пожалуйста, про этого бродягу. Сколько было времени, когда мистер Хик застукал его за кражей яиц?

— Это было утром, — ответила миссис Миннз, раскатывая тесто скалкой. — Старый нищий сначала пришёл сюда, ко мне, — попросил, чтобы я дала ему поесть, но я отправила его восвояси. Видимо, он вышел в сад и направился к курятнику. Там-то хозяин и увидел его, когда выглянул из окна. Он обрушил на этого бедняка все громы и молнии, угрожал, что вызовет полицию. Горе-воришка пустился наутёк — он пронёсся мимо кухни с такой скоростью, будто за ним гналась свора охотничьих собак!

— А вдруг это он поджёг мастерскую мистера Хика? — предположил Пип.

Но миссис Миннз твёрдо стояла на своём. По её мнению, преступником мог быть только мистер Пикс.

— Это такая хитрая лиса! — разорялась она, уперев руки в боки. — Вечно он шатался где-то по вечерам, являлся домой за полночь, когда все уже спят, шёл на кухню и съедал все мои запасы. Утром я приду — то мясного пирога нет, то булочек с маком. И вот что я вам скажу: кто булочки и пироги таскал, тот и коттедж мог запросто поджечь. От воровства до разбоя один шаг.

Слушая миссис Миннз, Пип со стыдом припомнил, как однажды в школе он так проголодался, что тайком пробрался в школьную столовую и стащил там несколько пирожных. Это был, конечно, очень плохой поступок. Но всё-таки Пип понимал, что хоть он и повёл себя тогда как бессовестный воришка, он ни за что бы не смог поджечь коттедж. Так что мнение миссис Миннз его не убедило.

Вдруг из дома раздался шум, звук удара и чей-то крик. Миссис Миннз прислушалась и покачала головой:

– Это хозяин. Похоже, он споткнулся обо что-то и упал. Ничего удивительного: у него в кабинете такой беспорядок, всюду громоздятся книги. Даже на полу.

Тут в кухню стремглав влетела Ириска: шерсть на ней стояла дыбом, хвост – трубой. Увидев это, миссис Миннз всплеснула руками и простонала:

– Ирисочка! Девочка моя! Опять ты попалась ему под ноги! Надеюсь, он тебя не ушиб? Бедная моя кисонька!

Кошка с громким шипением забилась под стол. Котята в корзинке проснулись и запищали, почуяв неладное.

Неладное не замедлило случиться: в кухню, изрыгая проклятия, вбежал мистер Хик. Он был вне себя от ярости.

– Миссис Миннз! – завопил он, топая ногами. – Опять ваша кошка явилась в мой кабинет! Сколько раз я вас предупреждал: это несносное животное не должно разгуливать по дому! – В этот момент взгляд его упал на корзинку с котятами. – А это что тут такое? – зарычал он. – Целый выводок! Немедленно выкиньте их вон! Чтобы духу их в моём доме не было!

– В приличных домах, сэр, всегда держат кошек! – взвизгнула миссис Миннз. Её круглые щёчки раскраснелись от гнева и стали похожи на красные яблочки. – Уж конечно, этот дом никак не назовёшь приличным! И поэтому, как только они немного подрастут, я пристрою их в хорошие руки, в почтенные дома к добрым хозяевам!

Тут мистер Хик заметил Дейзи и Пипа – и это вывело его из себя ещё больше, чем корзинка с котятами.

– Что здесь делают эти двое? – грозно спросил он. – Что за бедлам вы устроили, миссис Миннз? Кошки, дети! А ну вон отсюда! – Последняя фраза относилась к непрошеным гостям, которые испуганно попятились.

Мистер Хик швырнул на стол чашку и блюдце, которые держал в руках, погрозил всем пальцем и удалился. Разъярённая миссис Миннз погрозила вслед ему кулаком.

– Правильно, что у вас сожгли мастерскую! Поделом же вам! А если бы не сожгли, я бы сама её подожгла, и рука бы у меня не дрогнула! – прошипела она точь-в-точь как её любимая Ириска, которая тут же вылезла из-под стола, едва хозяин покинул поле битвы.

Миссис Миннз нагнулась и стала нежно гладить её по спинке.

– Красавица моя, голубушка! Кисонька моя бедная! Надеюсь, этот злодей не наступил на тебя? Напугал тебя, бедная моя девочка! – запричитала она.

– Мы, пожалуй, пойдём, миссис Миннз, – сказала Дейзи. Ей стало страшно, что мистер Хик вернётся, и тогда всем несдобровать. – Спасибо вам большое за то, что рассказали нам так много интересного, и за то, что разрешили поиграть с вашими чудесными котятами!

Польщённая миссис Миннз дала ребятам с собой по имбирному прянику. Пип и Дейзи ещё раз поблагодарили кухарку и выбежали из кухни.

– Ух ты! – воскликнул Пип. – Вот это да! Сколько мы всего узнали! Получается, что как минимум трое могли совершить поджог. Впрочем, если мистер Хик всегда и со всеми так разговаривает, то число подозреваемых может вырасти до двадцати, не меньше.

Глава седьмая
Бродяга, А-ну-ка-разойдись и Фатти

Четверо сыщиков снова встретились в беседке. Всем не терпелось поделиться новостями, поэтому решено было не дожидаться Бетси и Бастера, которые ещё не вернулись с прогулки, и тайное совещание было открыто.

— Мы поговорили с шофёром! Его зовут Томас, — начал Ларри. — Он рассказал нам про слугу мистера Хика. Его зовут Пикс. Хозяин уволил Пикса, потому что тот брал без спроса его вещи.

— Я уверен, что это он поджёг коттедж! — заявил Фатти. — Надо разузнать о нём побольше. Он живёт в соседней деревне.

— Подождите! Послушайте! — прервала его Дейзи. — Есть ещё один подозреваемый — мистер Вунькас.

— Кто?! — хором спросили Ларри и Фатти. — Вунькас? Разве есть такая фамилия?

— Есть, — хихикнула Дейзи. — Мы с Пипом тоже вначале решили, что это прозвище. Но это и вправду такая фамилия!

— Мистер Чао-Какао и мистер Вунькас! — засмеялся Фатти. — Чудесная компания!

Ларри усмехнулся.

— Не забудь, что Дейзи и Пип ещё не знают, кто такой мистер Чао-Какао, — и он объяснил, почему появилось такое прозвище у мистера Хика. Его рассказ сопровождался дружным хохотом.

Когда все отсмеялись, Дейзи сказала, вытирая выступившие от смеха слёзы:

— На самом деле всё это совсем не смешно, а даже грустно. Вот и в школе так бывает: все начинают потешаться над кем-то, а если подумать хорошенько, то ничего смешного тут и нет. И вообще при желании можно посмеяться над каждым из нас. Вот только понравится ли это нам? Давайте я лучше расскажу о том, как поссорились мистер Хик и мистер Вунькас. — И Дейзи передала Ларри и Фатти всё, что они узнали от миссис Миннз.

Потом настала очередь Пипа, и он поведал о бродяге, которого застукали за кражей яиц. Дальше снова взяла слово Дейзи и в красках описала скандал, который случился на кухне перед самым их уходом, как мистер Хик накричал на кухарку из-за кошек и как разъярённая миссис Миннз заявила, что рада поджогу коттеджа и что она сама бы сожгла его, если бы это уже не сделал кто-то другой.

Этот рассказ поразил Ларри.

— Вот это да! — задумчиво протянул он. — Выходит, что миссис Миннз тоже надо включить в число подозреваемых. Ведь если сегодня она была готова сжечь дотла этот коттедж, где гарантия, что и вчера у неё не возникло такое желание? Да и к тому же у неё была отличная возможность сделать это, пока она была одна дома.

— Итак, — торжественно заключил Фатти, — у нас уже четверо подозреваемых. Четыре человека могли поджечь коттедж: старый бродяга, мистер Вунькас, мистер Пикс и миссис Миннз. Дело движется!

— Не уверен, — задумчиво сказал Ларри. — По-моему, оно, наоборот, всё больше запутывается. У нас появляются всё новые и новые подозреваемые, выясняется всё больше обстоятельств, и я уже не понимаю, как нам выбраться из этих дебрей, в которые мы залезли.

— Мы должны точно знать, что делали эти четверо в день пожара, — поучительно произнёс Фатти. — Например, если мы будем знать наверняка, что мистер Вунькас вечером накануне пожара был в пятидесяти милях отсюда, мы сможем вычеркнуть его из списка подозреваемых. Или если мы установим, что Хорас Пикс провёл весь вечер дома со своей мамой, он тоже будет свободен от подозрений.

— Но скорее всего мы узнаем, что все четверо находились где-то поблизости от места преступления, — покачал головой Пип. — Кстати, а как нам отыскать этого самого бродягу? Бродяги ведь на то и бродяги, чтобы бродить где им заблагорассудится. Он мог уже уйти за много миль отсюда, и непонятно, как и где нам его искать.

— Да, действительно, я тоже не понимаю, как нам быть, — всполошилась Дейзи. — Мы же не станем бегать по всей округе из деревни в деревню в поисках этого человека? И даже если мы найдём его, то что будем делать? Не можем же мы просто подойти к нему и спросить: «Простите, пожалуйста, это не вы случайно подожгли коттедж?»

— Нет, конечно! — улыбнулся Ларри. — Нам вовсе не нужно его ни о чём таком спрашивать. У нас ведь есть улики! — И, видя, что Дейзи не понимает, пояснил: — Нам достаточно будет узнать, какой у него размер обуви, а если у него резиновые подошвы с таким же рисунком и товарным знаком, как на наших отпечатках, и если он носит, например, серое фланелевое пальто, то...

Дейзи кивнула и задумалась. Все остальные тоже притихли, размышляя над сложившейся ситуацией.

— У него нет серого пальто! — сказал Фатти. — Я говорил вам, что он носит старый дырявый плащ.

Все опять задумались. Наконец Дейзи нерешительно предположила:

— А вдруг он надевает плащ поверх пальто? Или у него под плащом фланелевый пиджак? И перелезая через изгородь, он на минутку снял плащ, и вот...

Судя по лицам остальных сыщиков, они сочли эту версию неубедительной. Однако никто не смог придумать ничего лучше.

Наконец Пип нарушил молчание:

— По-моему, мы напрасно тратим время, раздумывая о фланелевых пальто и дырявых плащах. Мы ведь ещё не нашли бродягу. И вот это настоящая проблема! Даже не представляю, как мы её будем решать!

— Слышите? — вдруг прервал его Фатти. — Это гавкает Бастер! Похоже, они с Бетси возвращаются с прогулки.

И тут все услышали не только тявканье, но и топот детских ножек — и вскоре у беседки появилась запыхавшаяся Бетси с чёрным скотчтерьером.

Увидев ребят, Бастер залаял ещё громче и бросился к хозяину. Хвост его так и ходил ходуном — казалось, что ещё чуть-чуть, и он оторвётся и улетит в кусты.

— Бетси, у нас куча новостей... — начал было Ларри, но девочка не слушала его.

Глаза её горели, щёки раскраснелись, и она едва переводила дух. От волнения у неё перехватило горло, и вместо слов получалось какое-то бульканье. Наконец, чуть-чуть отдышавшись, она выпалила:

— Ларри! Ах! Пип! О-о-о! Я нашла — ох! ой! — улику!!! Уф! Ура!

— Что-о-о?!! — закричали все хором.

— Я нашла бродягу! А ведь он и есть самая большая наша улика, правда? — затараторила Бетси.

Ларри похлопал её по плечу:

— Эй, Бетси, тише! Успокойся! Бродяга — это не улика, а подозреваемый.

Но остальные прервали его объяснения.

— Бетси, ты уверена, что это тот самый бродяга? — взволнованно спросил Пип. — Ну и молодчина ты! А мы сидели тут и голову ломали, как же нам его найти!

— Где же он? — Фатти вскочил на ноги. — Надо скорей идти к нему!

— И всё-таки почему ты решила, что это тот бродяга? — недоверчиво повторила Дейзи вслед за Пипом.

— Так ведь на нём был старый дырявый плащ, а на голове шляпа, похожая на старый стоптанный башмак с дыркой сверху — точь-в-точь как рассказывал Фатти.

— Точно! — подтвердил Фатти. — Так где же он, Бетси?

— Идём мы с Бастером, гуляем, — начала свой рассказ Бетси, усевшись на траву возле беседки. — Бастер такой милый пёсик и такой любопытный! Всё-то ему интересно, и всюду он сует свой хорошенький чёрненький носик! Ну вот, значит, вышли мы на луг у реки, а там пасутся овечки и козы и стоит большой стог сена...

Тут Бастер, который внимательно слушал Бетси, тявкнул, очевидно, подтверждая её слова. Бетси обняла пёсика за шею:

— А бродягу-то нашёл Бастер! Правда, голубчик? — И Бетси потрепала его за холку. — Я иду себе, иду, разглядываю овечек, и вдруг Бастер вытянулся в струнку, хвост и уши торчком и ка-а-ак зарычит!

— Р-р-р-р-р-ав! — Бастер охотно изобразил, как было дело.

— Какой умненький, всё понимает! — восхитилась Бетси. — И вот я вижу, что Бастер крадётся к стогу сена — так странно идёт, припадая на задние лапы.

— Он всегда так делает, когда чует что-то подозрительное или опасное, — подтвердил Фатти. — Продолжай, Бетси! Переходи скорей к делу, не тяни кота, то есть Бастера, за хвост!

— Ну и я пошла за Бастером, хотя мне было как-то не по себе, — прошептала Бетси, округлив глаза. — Я шла тихо-тихо и всё думала: в чём там дело? Потом мне пришло в голову, что Бастер, может быть, почуял кошку, которая сидит за стогом сена. Но это была не кошка. Это был **БРОДЯГА!**

— Ух ты! — воскликнул Ларри, а Пип даже присвистнул от удивления.

Фатти с уважением смотрел на девочку.

— Бетси, ты отличный сыщик! Поздравляю тебя! — сказал он и пожал ей руку.

— Просто мне так хотелось тоже что-нибудь найти! Какую-нибудь улику! — объяснила Бетси. — Но если честно, я думаю, что надо пожать лапу Бастеру. Ведь на самом деле это он нашёл бродягу, а не я.

— Вы оба молодцы! — сказал Ларри. — Если бы ты не пошла гулять с Бастером, он не нашёл бы бродягу. И что там делал наш подозреваемый?

— Он спал! — воскликнула Бетси. — Спал так крепко, что не проснулся даже от лая, не почувствовал, что Бастер обнюхал его ноги.

— Кстати, о ногах, — заметил Пип. — А ты не обратила внимания, во что он был обут? И какие у него были подошвы? Резиновые?

Бетси смущённо захлопала ресницами:

— Ой... ай... Я не знаю... Я как-то не подумала... А ведь и правда... я могла бы легко рассмотреть его ноги, потому что он так крепко спал... Простите меня, пожалуйста! Я ужасно обрадовалась, что мы с Бастером его нашли, и сразу помчалась сюда, чтобы побыстрей всё рассказать про мою улику...

— Скорей! — Пип вскочил с лавки. — Нельзя терять ни минуты! Может быть, он ещё не проснулся — и мы успеем как следует рассмотреть, во что он одет и обут. И ещё нужно, чтобы Фатти опознал его — ну то есть подтвердил, что это действительно тот самый бродяга, которого он видел в саду мистера Хика.

И взволнованные сыщики побежали за Бетси. Каждый думал о том, какая молодец Бетси, что нашла этого бродягу, и каждый беспокоился, что он мог проснуться и уйти куда глаза глядят. Наконец они подошли к стогу сена и — о радость! — услышали громкий, раскатистый храп. Бродяга всё ещё был здесь!

Фатти встал на четвереньки и осторожно пополз к подозреваемому, который мирно спал, закутавшись в старый, дырявый плащ. Это был старик со всклокоченной бородой, кустистыми бровями и красным носом. Из-под шляпы, похожей на скособоченный старый башмак, выбивались длинные седые патлы. Фатти взглянул на спящего и на цыпочках побежал к остальным сыщикам.

— Это он! Конечно, это он! — взволнованно прошептал Фатти. — Но я не представляю себе, как нам заглянуть под плащ и проверить, нет ли под ним фланелевого пальто или пиджака. И ноги он поджал под себя, а нужно, чтобы он их вытянул — только так мы сможем разглядеть его подошвы!

— Дайте-ка я попробую, — вызвался Ларри. — А вы пока сидите тут тихо — особенно ты, Бастер! — и внимательно следите, не идёт ли кто-нибудь.

Четверо сыщиков остались сидеть с другой стороны стога, а Ларри осторожно подполз к спящему бродяге. Усевшись возле него, Ларри тихонько протянул руку, чтобы откинуть полу плаща и посмотреть, что надето под ним. Штаны бродяги были такими грязными, что невозможно было определить, какого они когда-то были цвета. Бродяга пошевелился, и Ларри тут же отдёрнул руку. Подождав немного, он решил попробовать рассмотреть подошвы. Он подполз к ногам бродяги, стоя на четвереньках, прижался одним ухом к земле и...

И тут бродяга вдруг открыл глаза! Ларри замер, а бродяга с изумлением уставился на него и, кашлянув, прохрипел:

— А ну поднимайся! Я не король Англии, чтобы падать передо мной на колени и тыкаться головой в землю. Вставай и убирайся прочь отсюда, да поскорее! Терпеть не могу детей — противные маленькие вредины, которые всегда дразнятся и кидаются камнями! — С этими словами бродяга повернулся на другой бок и снова захрапел.

Перепуганный Ларри перевёл дух и решил было заползти с другой стороны, чтобы ещё раз попробовать разглядеть подошвы ботинок. Но тут из-за стога сена раздался свист — условный сигнал, предупреждающий, что кто-то приближается.

Ларри быстро пополз туда, где его ждали остальные.

— Кто там? — спросил он, присоединившись к друзьям.

— Наш старый друг А-ну-ка-разойдись, — ухмыльнулся Фатти.

Действительно, вдали показался полицейский. Он шёл по тропке вдоль берега реки. Надо было лишь дождаться, пока он пройдёт. Однако мистер Гун, заметив бродягу, свернул с тропинки и направился к стогу. Ребята переглянулись. Возле стога стоял старый амбар, а к нему была приставлена лестница. Ларри толкнул Пипа в бок, и тот, сразу поняв, в чём дело, быстро полез на крышу амбара, а за ним все остальные. На крыше их было заметить гораздо труднее, чем внизу, а им сверху, наоборот, было всё отлично видно.

Мистер Гун на цыпочках подошёл к спящему бродяге, достал из кармана записную книжку, открыл её и стал внимательно изучать одну из страниц.

Ларри изо всех сил пихнул Фатти и прошептал:

— Видел? У него в книжке нарисован след — тот самый, который мы нашли у изгороди. Вот это да! Старина А-ну-ка-разойдись умней, чем мы думали!

Полицейский подкрался к спящему, присел на корточки, а потом встал на колени. Он точно так же, как и Ларри пять минут назад, пытался разглядеть его подошвы. И точно так же именно в этот момент бродяга открыл глаза. Изумлению его не было предела. Но на сей раз старик не только удивился, но и не на шутку перепугался. Одно дело — увидеть возле своих ног ползающего по земле мальчишку, и совсем другое дело — полицейского!

Старик вскочил на ноги и завопил во весь голос:

— А-а-а!!! Что такое?! Что вам от меня надо?!

— Спокойно! — невозмутимо ответил А-ну-ка-разойдись. — Я хочу взглянуть на ваши ботинки.

— Да пожалуйста! На здоровье! Вот они! Вот шнурки! И стельки!

— Мне не нужны шнурки и стельки. Меня интересуют подошвы, — холодно сказал полицейский.

— А зачем? Вы разве сапожник, а не полицейский? Давайте так: вы мне покажете свои пуговицы на кителе, а я вам тогда — свои подошвы! — сердито проворчал старик.

Полицейский побагровел от злости и захлопнул записную книжку.

— Раз так, то вам придётся пройти со мной в участок! — угрожающе сказал он и протянул руку, чтобы взять бродягу за шиворот.

Но не тут-то было! Тот отпрыгнул в сторону и бросился наутёк. Он мчался по полю, петляя, как заяц, — трудно было поверить, что старик может бежать с такой скоростью. Мистер Гун издал боевой клич и кинулся вдогонку. И тут Фатти, стараясь получше разглядеть всё происходящее, подполз к самому краю крыши, потерял равновесие и с отчаянным криком рухнул вниз. От неожиданности полицейский застыл на месте как вкопанный. Разглядев Фатти, который барахтался в стоге сена, он поднял глаза вверх и увидел всю компанию сыщиков, засевшую на крыше амбара. Ярости его не было предела.

— Опять вы?!! — заревел он, как раненый бык. — А ну слезайте оттуда! Как же вы мне надоели! Вечно эти малявки путаются под ногами, мешают заниматься делом! Что вам здесь надо? Шпионите за мной?

Полицейский ещё несколько секунд колебался, не зная, что предпринять — броситься в погоню за бродягой, шляпа которого маячила уже где-то на дальнем конце луга, или разобраться с «малявками», и наконец двинулся к стогу.

Фатти завопил от страха:

— Не-е-е-т! Не трогайте меня! Ай-ай-ай! Я и так сломал руку, ногу, шею, вывихнул плечо и разбил голову!

Фатти, похоже, и впрямь считал, что после падения он уже одной ногой в могиле. Бетси, услышав это, тоже прыгнула с крыши в стог сена и ринулась на помощь Фатти. За ней спрыгнули и остальные сыщики. Вся компания дружно скатилась со стога на землю и образовалась куча-мала, которая барахталась у ног полицейского. Наконец из кучи выскочил маленький чёрный пёс и с заливистым лаем попытался ухватить мистера Гуна за лодыжку.

Полицейский замахал на него руками, затопал ногами и закричал:

— А ну-ка разойдись! Дети, собаки, р-р-р-разойдись! Вечно вы путаетесь под ногами, не даёте заниматься делом! Из-за вас я упустил подозреваемого!

Он было двинулся к Фатти, чтобы проверить, не пострадал ли мальчик при падении с крыши, но Фатти (который на самом-то деле вовсе ничего не сломал, не разбил, не вывихнул, а отделался лёгким испугом и парой синяков) при виде приближающегося полицейского вскочил на ноги и дал стрекача, а за ним и все остальные.

— Вот и правильно! — крикнул им вслед мистер Гун. — По домам! И чтобы я ни одного сопливого носа тут больше не видел!

Он оглянулся в поисках бродяги, но того уже и след простыл. Покачав головой, мистер Гун повернулся к стогу спиной и пошёл вниз, к реке, ворча под нос что-то про «надоедливую мелюзгу» и «несносных собачонок».

Дети остановились и посмотрели ему вслед. Потом смущённо переглянулись.

— Вот досада! — воскликнула Дейзи. — Всё шло так хорошо, пока не появился А-ну-ка-разойдись! Интересно, куда побежал бродяга и где нам его теперь искать?

— Я пойду домой, — всхлипнул Фатти. — У меня всё болит. Ужас, как больно!

— Давай я тебя провожу. — Дейзи погладила его по плечу. — Бетси, пошли проводим Фатти до дома. А вы, мальчики, может, попытаетесь выследить сбежавшего подозреваемого?

— Да, пожалуй, — согласился Ларри. — Может, нам снова повезёт. Я ничуть не удивлён, что Фатти от любопытства свалился с крыши. Вот это было приключение, правда?

— Точно! — кивнул Пип и задумчиво произнёс: — У старины А-ну-ка-разойдись в записной книжке зарисован наш отпечаток. Ну и ну! Он умней, чем мы думали! Однако у нас есть кое-что, о чём он и не подозревает, — кусочек серой фланели!

Пятеро сыщиков разошлись в разные стороны: Фатти и девочки направились к гостинице, а Ларри и Пип — туда, где скрылся сбежавший бродяга. Мальчишки не теряли надежды, что им снова удастся встретить главного подозреваемого.

Глава восьмая
Что делать дальше?

Как же глупо всё вышло: и юные сыщики, и А-ну-ка-разойдись пытались взглянуть на подошвы старых, рваных ботинок бродяги – и это им не удалось. Ларри и Пип, вне себя от досады, бросились на поиски сбежавшего подозреваемого, но всё без толку: того и след простыл. Однако удача им всё же улыбнулась: они встретили фермера, который видел, что старик скрылся в лесу. Ребята добежали до леса. Оказавшись в чаще, они перешли на шаг и двигались осторожно, стараясь ступать как можно тише.

Вдруг мальчики почуяли запах дыма, а потом среди деревьев мелькнул огонь. Они подошли поближе и увидели старого бродягу: он сидел на поваленном дереве возле костра. Его старая шляпа лежала рядом, на земле; в котелке над костром булькало какое-то варево.

Бродяга обернулся и увидел мальчиков. Он сразу узнал Ларри и сердито прохрипел:

— Опять ты! Что вам всем надо? Оставьте меня в покое!

Но Ларри твёрдо решил выяснить всё до конца. Собравшись с духом, он подошёл поближе к огню и заговорил:

— Послушайте! У нас есть к вам пара вопросов. Мы знаем, что мистер Хик застукал вас у своего курятника за кражей яиц. Но мы хотели поговорить не об этом...

— Мистер Хик! — прервал его бродяга. — Вот, значит, как его зовут! Мистер Хик! Так вот, скажу я вам, он оклеветал меня! Не крал я у него яиц и ничего вообще не брал без спросу. Я честный малый, и мне чужого не надо! — произнеся эту оправдательную речь, бродяга замолк и принялся помешивать варево в котелке.

— Допустим, — сказал Ларри. — Но если так, то зачем же вы прятались в канаве у изгороди? Что вы там делали?

— В какой ещё канаве? — проворчал старик. — Что за вздор! А вот что касается пожара, тут кое-что мне известно. Только рассказывать этого вам я не стану, разрази меня гром! Это ведь вы, негодники, натравили на меня полицейского?

— Ничего подобного! — возмутился Ларри. — Он появился неожиданно! Он шёл мимо берегом реки и увидел вас — так что нам самим пришлось от него прятаться.

— Я вам не верю! — проворчал бродяга. — Конечно же это вы натравили на меня бобби*. Я не хочу иметь дела с полицией, я ни в чём не виноват и ничего плохого не сделал. А тем вечером в саду... Да, интересные дела там творятся! Но об этом — молчок! Моё дело сторона. Никому ни слова, разрази меня гром!

С этими словами бродяга вдруг скинул правый ботинок, вытянул вперёд ногу в дырявом носке и принялся чесать пятку. Стоптанный ботинок, давно просивший каши, упал подошвой вверх. Ларри прошептал Пипу на ухо:

— Смотри! Подошвы не резиновые, а кожаные. И рисунок совсем другой. Значит, следы оставил не он! И ещё у него под плащом старое

---

* Бобби — прозвище полицейских в Англии.

зелёное пальто – зелёное, а не серое! Похоже, он и в самом деле ни при чём.

— Что вы там шепчетесь? — подозрительно пробормотал бродяга. — Убирайтесь отсюда! Оставьте меня в покое! Я никого не трогаю, живу себе спокойно, но дети и полицейские так и липнут ко мне как мухи! Что вы разглядываете мои ботинки? Да, они мне малы. Жмут ужасно. Но где же взять обувь подходящего размера?

— А какой у вас размер? — поинтересовался Пип.

Он вспомнил, что у его отца в шкафу целый склад старых ботинок, которые тот давно собирался выкинуть. Но оказалось, что бродяга не знает, какой у него размер.

— Если хотите, я могу подарить вам старую обувь, — сказал Пип. — Я живу в доме с красной крышей неподалёку от дома мистера Хика. Приходите завтра, и я вынесу вам несколько пар ботинок. Может, какие-то из них вам подойдут.

— Вы опять натравите на меня этого бобби! — недоверчиво покачал головой старик. Он залез всей пятернёй в котелок, достал оттуда какой-то кусок и стал жевать его, опасливо поглядывая на мальчиков. — Мистер Хик... Я-то уж мог бы кое-что порассказать про этого мистера Хика и про его хозяйство. Я не слепой и не глухой, я всё видел и слышал! Интересные дела там творятся, разрази меня гром! Только моё дело сторона! Молчок – и никому ни слова!

Ларри взглянул на часы. Пора было возвращаться домой.

– Послушайте, – обратился он к старику. – Нам пора идти. Приходите завтра к дому Пипа. Может, надумаете нам рассказать что-нибудь. И заодно подберёте себе подходящие ботинки. А полиции мы ничего не скажем, честное слово!

Мальчики расстались с бродягой и поспешили по домам. Родители уже волновались, куда подевались дети.

– Где ты пропадал? – сердито спросила мама Пипа. – Мы уже не знали, что и думать!

– Я... э-э-э-э... мы гуляли с Ларри... – замялся Пип.

Бетси тут же пришла ему на помощь, сменив тему разговора.

– А Фатти сегодня свалился с крыши амбара! – радостно сообщила она.

Мама переменилась в лице:

– Что-о-о-о?! Этот новый мальчик, который живёт в гостинице? Неужели он разбился? Что произошло? Зачем он полез на крышу амбара?

Тут уже Пипу пришлось спасать положение: он испугался, что Бетси выложит маме всю

правду о том, чем они занимались в поле и почему полезли на крышу амбара.

— Мам, а папе ведь не нужны все эти старые ботинки, которые хранятся у нас в шкафу? — как бы между прочим осведомился он.

Мама была окончательно сбита с толку.

— В чём дело, Пип? Почему тебя вдруг так заинтересовали эти старые ботинки? — удивлённо спросила она.

— Ну... я просто... — поколебавшись немного, Пип проговорил: — В общем, я знаю кое-кого, кто с радостью бы взял их. Они бы ему пригодились.

— И кто же это такой? — Мама, похоже, начала терять терпение.

— Один человек... у него совсем прохудились ботинки, и он ходит с мокрыми ногами... — Пип замолк на полуслове, не зная, что говорить дальше.

— Что это за человек? — допытывалась мама, явно заподозрив неладное.

Но Пип молчал как рыба: он не мог признаться, что речь идёт о старом бродяге, — тогда пришлось бы рассказать о расследовании, которое вели юные сыщики, а значит, нарушить тайну и выдать все секреты. И тут снова вмешалась Бетси.

— Это один старый бродяга! — объявила она. — У него совсем рваные ботинки!

Пип метнул на неё грозный взгляд, но было уже поздно. Мама всплеснула руками.

— Бродяга? Нет, это неслыханно! Пип! Ты что же, решил свести дружбу с бродягой?

— Нет, мамочка, — жалобно произнёс несчастный Пип. — Мне просто стало так его жалко! Ты ведь сама говорила нам, что нужно сочувствовать бедным людям и помогать им, чем можем. Вот я и подумал: может быть, мы подарим ему пару старых ботинок, которые всё равно никто не носит?

Мама улыбнулась:

— Ну хорошо. Я дам тебе какие-нибудь старые ботинки отца, и ты сможешь отдать их этому бедняку. А сейчас быстро идите мыть руки — и за стол! Обед уже остыл!

После обеда Пип вышел в сад и поспешил к беседке. Там его уже дожидалась Бетси, которой не терпелось узнать новости. Но Пип опередил её, спросив, как самочувствие Фатти.

— Всё в порядке! — заверила его Бетси. — Он цел и невредим! А вы отыскали того бродягу?

— Да! Мы как следует рассмотрели его подошвы и пальто, которое он надел под плащ. И знаешь, оказалось, что он вовсе не был в саду возле изгороди, не стоял в канаве и следы, которые мы нашли — не его. Но тем не менее он что-то знает об этом деле. Он кое-что видел и слышал в саду мистера Хика. Я надеюсь, что он придёт за старыми ботинками и тогда мы с Ларри сможем разговорить его. Думаю, он расскажет нам что-нибудь, если убедится, что мы не выдадим его полиции. Может быть, он видел, кто прятался в канаве!

— Ох, Пип! — воскликнула Бетси. — Представляю себе, как удивился бродяга, когда увидел вначале Ларри на коленях, а потом полицейского, который тоже встал на колени! Бедняга не знал, что и думать!

— Да, а как он побежал! — засмеялся Пип. — Смотри-ка, к нам идут Фатти и Бастер.

Фатти проскользнул в калитку и не спеша зашагал к беседке, раздумывая на ходу, как лучше поступить: притвориться настоящим героем, который стойко терпит боль и ни в грош не ставит ужасное падение с крыши, — чтобы все восхищались им и завидовали ему; или сыграть роль тяжело раненного, который находится между жизнью и смертью, — чтобы все очень испугались за него и пожалели его?

Поколебавшись немного, он выбрал первый вариант: слегка прихрамывая, зашёл в беседку, скромно улыбнулся Бетси и Пипу и осторожно уселся на лавку.

Бетси подошла к нему и ласково погладила по плечу:

— Фатти! Как ты себя чувствуешь? Сильно болит?

— О нет! Пустяки! — мужественно ответил Фатти. — Подумаешь — упал с крыши! Сущая безделица! Не о чем и говорить!

Пип и Бетси с восхищением посмотрели на героя. И тут на дорожке, ведущей к беседке, появились Дейзи и Ларри.

Фатти очень жалел, что не может показать всем свои синяки и ссадины — ведь герои так не делают. Он, конечно, надеялся, что вновь прибывшие друзья сами сообразят и справятся о его ранах, но не тут-то было.

Ларри вбежал в беседку и сразу приступил к делу, даже не расспросив беднягу Фатти о его самочувствии. За обедом он подготовил новый план действий и теперь спешил поделиться своими мыслями с остальными сыщиками.

— Слушайте, — начал он, — я всё думаю про старину А-ну-ка-разойдись. И, честно говоря, мне совсем не нравится, что он тоже обратил внимание на эти следы! Мы не должны позволить ему раскрыть тайну сгоревшего коттеджа быстрее нас. Судя по всему, он взял на карандаш не только бродягу, но и других наших подозреваемых — мистера Пикса и мистера Вунькаса. Мы должны действовать незамедлительно, если хотим обогнать полицию!

— Точно! — хором подтвердили остальные сыщики, а Бастер тявкнул и вильнул хвостом.

— Значит, нам нужно срочно разыскать бывшего слугу мистера Хика, — продолжал Ларри. — Это сейчас самое главное! Я вычёркиваю старого бродягу из списка подозреваемых: мы с Пипом видели его подошвы и пальто, и они не совпадают с отпечатками ботинок и с кусочком ткани. Кроме того, я подумал и понял, что если бы это он поджёг коттедж, то не бродил бы по округе, а уже давно скрылся бы за много миль отсюда. Гораздо больше оснований подозревать мистера Пикса. Мы должны заняться им без промедления.

— Точно! — снова согласились остальные четверо сыщиков.

— Завтра я как следует допрошу бродягу, — с важным видом заявил Ларри. — Хотя мы и вычеркнули его из списка подозреваемых, он остаётся важным свидетелем по этому делу. Уверен, что он может сообщить нам много интересного. Фатти и Дейзи, вы справитесь с задачей отыскать мистера Пикса и разузнать о нём как можно больше?

— Конечно! — поспешили заверить его Фатти и Дейзи. — Мы его из-под земли достанем!

— Отлично! — кивнул Ларри. — А мы с Бетси и Пипом вытрясем из бродяги всё, что он знает.

Это был отличный план. Сыщики решили не откладывать все дела на завтра. Им очень хотелось поскорее раскрыть тайну сгоревшего коттеджа и утереть нос полицейскому.

Глава девятая
Лилли помогает следствию

У Фатти, несмотря на его героический вид, не было сил заниматься расследованием, поэтому Ларри, Дейзи и Пип оставили его в беседке с Бетси и Бастером, а сами решили отправиться к дому мистера Хика и ещё раз потолковать с миссис Миннз.

— Мы должны понять, могла ли миссис Миннз поджечь коттедж, — сказал Ларри. — Мне лично кажется, что это не она, но детектив должен доверять не своим чувствам, а фактам. К тому же нам надо узнать адрес мистера Пикса.

— Я запаслась лакомством для Ириски. — Дейзи показала завёрнутую в газету рыбью голову, которую она позаимствовала на кухне.

Бастер учуял запах и рванулся к Дейзи, но Фатти, крепко держа его за ошейник, приказал ему:

— Сидеть!

— Правильно, Фатти! — кивнула Дейзи. — Мы не сможем взять Бастера с собой. Он набросится на Ириску, а миссис Миннз — на нас.

Трое друзей вышли на улицу.

— Давайте условимся: говорить с миссис Миннз буду я, — распорядился Ларри.

Дейзи рассмеялась:

— Попробуй! Только подозреваю, что говорить будешь не ты, а миссис Миннз!

Дети подошли к кухне и заглянули внутрь. За столом сидела Лилли и писала письмо. Она явно была расстроена и, кажется, недавно плакала. Ларри спросил, где миссис Миннз, и девушка ответила:

— Она наверху. Настроение у неё хуже некуда. Я опрокинула на её передник кувшин с молоком, и она ужасно разозлилась, решив, что я сделала это нарочно.

— А вы были здесь в ту ночь, когда случился пожар? — поинтересовался Ларри.

Лилли отрицательно покачала головой.

– Как же так? – удивился Ларри. – А где вы были? Неужели вы не видели, как горел коттедж?

– У меня был свободный вечер! И не ваше дело, где я его провела! – Лилли покраснела от негодования. – Я увидела, что случилось, только когда вернулась обратно.

– Ясно, – пожал плечами Ларри, удивляясь тому, что Лилли так рассердили его вопросы. – Но всё-таки очень странно, что миссис Миннз и её сестра не заметили огонь и не почуяли запах гари, как только начался пожар.

– Что вы меня об этом спрашиваете? Вот идёт сестра миссис Миннз, с ней и поговорите, – буркнула Лилли.

В ту же минуту в кухню вошла высокая крупная дама в украшенной цветами огромной шляпе. Она с недоумением посмотрела на детей.

– Добрый вечер, миссис Джонс, – это приветствие Лилли произнесла похоронным тоном. – Миссис Миннз наверху. Она пошла переодеваться и спустится позже.

Миссис Джонс тяжело опустилась в кресло и простонала:

– Ну и жара! Я едва дышу! А что это за дети? Откуда вы здесь взялись?

— Мы живём на этой улице неподалёку. Мы принесли Ириске угощение — рыбью голову.

— А где же котята? — осведомилась Дейзи, увидев пустую корзинку.

— Куда они подевались, в самом деле? — забеспокоилась Лилли. — Надеюсь, они не пробрались в комнаты. Миссис Миннз строго-настрого велела мне держать дверь на кухню закрытой!

— Может, они решили погулять? — предположил Ларри, закрывая дверь, которая вела из кухни в прихожую. Он вовсе не хотел, чтобы мистер Хик услышал их голоса. — А вот и Ириска!

В кухню неслышно вошла большая чёрно-белая кошка, держа хвост трубой. Она подошла к Дейзи, учуяв манящий запах рыбьей головы. Дейзи развернула газету и положила гостинец в кошачью миску. Ириска вытащила голову из миски и унесла её под стол, чтобы спокойно полакомиться в укромном месте.

— Ириска, наверное, напугалась, когда случился пожар? — Пип решил, что пора приступать к делу.

— Да, она была просто сама не своя, — кивнула миссис Джонс.

— О! И вы были здесь? — Дейзи сделала удивлённое лицо. — Неужели вы не почувствовали запах дыма?

— Как это не почувствовала? — возмутилась миссис Джонс. — Сколько раз я повторяла: «Мария, у нас что-то горит!» У меня очень тонкое обоняние! Я думала, это что-то горит у Марии в духовке, и даже один раз вышла в прихожую — решила проверить, не дымит ли камин в доме.

— Почему же миссис Миннз не вышла в сад? Неужели ей не пришло в голову, что может что-то гореть снаружи? — спросил Ларри.

— Мария вообще не ходила в тот вечер. У неё разыгрался ревматизм. Её крепко скрутило.

— Скрутило? — с недоумением повторил Ларри. — Как это?

— А вот так! Доживёшь до наших лет — узнаешь, — ворчливо ответила миссис Джонс. — Мария сидела в этом кресле, бедняжка, и стонала. «Ханна, — говорит она мне, — Ханна, меня скрутило. Проклятый ревматизм. Я пошевельнуться не могу». А я ей и отвечаю: «Сиди себе, не двигайся. Я сама приготовлю чай и достану печенье». Мистера Хика не было дома, ужин готовить было не надо. Я осталась с ней, напоила чаем и сказала, что, раз её так скрутило, надо подождать, пока не отпустит.

Слушая рассказ миссис Джонс, дети переглянулись. Все они подумали об одном и том же: если миссис Миннз «скрутил» ревматизм так, что она не могла встать с кресла, значит, она никак не могла поджечь коттедж!

— Неужели бедная миссис Миннз не смогла подняться с кресла, даже когда выяснилось, что начался ужасный пожар? — сочувственно спросила Дейзи.

— Куда там! Мария сидела в кресле и двинуться не могла, — махнула рукой миссис Джонс. — Я всё ходила по кухне и принюхивалась, пытаясь понять, что же горит. Потом наконец я выглянула в сад — и увидела огромное зарево. Тогда я закричала: «Пожар! Пожар!» — а Мария вся побелела от страха, как простыня. Я выскочила из кухни и побежала посмотреть, что случилось, а Мария так и осталась сидеть в кресле.

Дети окончательно убедились, что кухарку надо вычеркнуть из списка подозреваемых. Во-первых, она весь вечер не вставала со своего кресла. А во-вторых, у неё оказалось алиби: ведь её сестра всё время была с ней.

Как только миссис Джонс договорила, открылась дверь и в кухню вошла миссис Миннз. Она была мрачнее тучи и так яростно сверкнула глазами на Лилли, что та готова была провалиться сквозь землю. Затем кухарка удивлённо воззрилась на незваных гостей.

— Добрый день, миссис Миннз! — Дейзи сделала книксен. — Мы пришли угостить Ириску. Мы принесли ей рыбью голову.

Миссис Миннз, которая обожала свою кошку, сразу сменила гнев на милость. Лицо её просияло.

— Как это мило с вашей стороны! — проворковала она.

Миссис Джонс поинтересовалась:

— Как твой ревматизм, Мария?

— Спасибо, вроде бы отпустило, — ответила кухарка. — Впрочем, после молочного душа, который устроила мне Лилли... Представь себе, Ханна, эта несносная девчонка вылила на меня кувшин с молоком!

— Я не нарочно! — угрюмо пробормотала Лилли. — Можно я схожу на почту? Мне надо отправить письмо.

— Никуда ты не пойдёшь! — отрезала миссис Миннз. — Нужно приготовить чай для мистера Хика. Лентяйка, только и знаешь, что чиркать пером по бумаге! От тебя никакого проку!

— Но мне нужно отправить письмо! — со слезами повторила девушка. — Пожалуйста, отпустите меня на почту!

— Нет! — Миссис Миннз топнула ногой. — Я сказала тебе: выкинь все эти глупости из головы и займись делом!

Лилли, горько плача, принялась доставать из буфета чашки, ложки и блюдца. Детям было очень жалко бедную девушку. Некоторое время все молчали. Наконец Ларри спросил:

— А мистер Хик уже нанял нового слугу?

— Он сегодня разговаривал с несколькими желающими, — ответила миссис Миннз, устраиваясь в кресле. — Надеюсь, он выберет достойного человека, который не будет задирать нос так, как мистер Пикс.

— Мистер Пикс ведь живёт где-то неподалёку? — осведомился Пип.

— Да... кажется... Где-то рядом... Но я точно не помню. В последнее время я стала всё забывать. Какая досада! — Миссис Миннз сокрушённо покачала головой.

Возможно, кухарка припомнила бы адрес бывшего слуги, но ей помешало неожиданное происшествие. Дверь вдруг распахнулась, и в кухню влетели три котёнка. С визгом и шипением они шлёпнулись на пол. Следом за ними появился мистер Хик. Он возник в дверном проёме с горящими глазами, всклокоченной шевелюрой и поднятыми вверх кулаками и загремел:

— Эти существа залезли в мой кабинет! Сколько будет продолжаться это безобразие? Никакого покоя в собственном доме! Сколько раз я приказывал вам, миссис Миннз... — Тут его взгляд упал на детей, и он закричал, побагровев от ярости: — А это что такое? Опять вы здесь? Я ещё днём велел вам убраться отсюда! Чтобы ноги вашей здесь не было!

Ларри, Пип и Дейзи выскочили из кухни и бросились наутёк. Они, конечно, не были трусами, но им совсем не хотелось, чтобы их взяли за шкирку и вышвырнули вон, как несчастных котят. А от мистера Хика, когда он в ярости, всего можно было ожидать!

Пробежав полдороги к дому Пипа, они остановились, чтобы перевести дух. Ларри прошептал:

— Дождёмся, пока Чао-Какао уйдёт из кухни. Надо всё-таки узнать адрес мистера Пикса и обязательно повидать его сегодня.

Переждав несколько минут, дети двинулись обратно. На кухне всё было так же, как до появления мистера Хика: миссис Миннз, сидя в кресле, болтала со своей сестрой, а Лилли гремела посудой. Дети робко переступили порог кухни.

Увидев их, миссис Миннз улыбнулась:

— А, это снова вы! Трусишки! Разбежались, как мыши при виде кота!

— Миссис Миннз, вы почти что вспомнили адрес Хораса Пикса, перед тем как появился мистер Хик, — напомнил ей Ларри.

— Да? В самом деле? — задумалась кухарка. — И правда, я его вспомнила — на одно мгновение! И тут же забыла снова. Как же это... подождите... постойте...

Миссис Миннз изо всех сил морщила лоб, пытаясь вспомнить адрес. Дети ждали, затаив дыхание, как вдруг из сада раздался чей-то топот. Тяжёлые шаги приближались, и наконец кто-то громко постучал в кухонную дверь. Миссис Миннз крикнула: «Войдите!» — и на пороге появился полицейский мистер Гун! Он просто шёл за сыщиками по пятам, и избавиться от него не было никакой возможности!

— Добрый день, сударыня, — приветствовал кухарку полицейский, доставая свою толстую записную книжку. — Мы с вами уже беседовали, и вы сообщили мне немало интересных сведений по делу о поджоге. Однако мне хотелось бы попросить вас сообщить мне кое-что ещё об этом парне по фамилии Пикс, который здесь служил.

Дети переглянулись. Вот незадача! Старина А-ну-ка-разойдись тоже охотится за мистером Пиксом.

— Знаете ли вы его адрес? — спросил кухарку полицейский, сверля её пристальным взглядом.

— Да... адрес... Вот незадача! Я почти его вспомнила, мистер полицейский, но тут вы постучали в дверь и сбили меня с толку! Детишки тоже хотели узнать его адрес...

— Какие такие детишки? — изумлённо спросил полицейский и, обернувшись, увидел Ларри, Дейзи и Пипа.

— Опять эта мелюзга путается под ногами и мешает работать! — сердито сказал он. — Что вам тут надо? А ну-ка разойдись! На что вам адрес этого парня? Вздор, глупости! Марш по домам сию же минуту!

Детям ничего не оставалось, кроме как «а ну-ка разойтись». Они вышли из кухни и уныло побрели к калитке. Все были очень расстроены.

— И надо же было ему появиться как раз в тот момент, когда миссис Миннз почти вспомнила адрес! — с досадой воскликнул Ларри.

— Надеюсь, что она так и не вспомнит его, — мрачно произнёс Пип. — Иначе А ну-ка-разойдись опередит нас и окажется у Пикса раньше нас.

— Надо же! Какое невезение! — Дейзи готова была заплакать от огорчения.

И вдруг они услышали из-за кустов шиповника тихий свист. Ребята обернулись, чтобы посмотреть, кто там, и увидели Лилли. Вид у девушки был решительный. В руке она держала конверт.

— Ребята, мне нужна ваша помощь! Пожалуйста, отнесите это письмо на почту и опустите его в ящик!

Увидев, что дети застыли в нерешительности, она пояснила:

— Это письмо мистеру Пиксу. Я хочу предупредить его, что пошли слухи о том, будто это он поджёг коттедж. Но я точно знаю, что это не он. Он ни в чём не виноват! Пожалуйста, отправьте ему это письмо. Очень-очень прошу вас!

В этот момент с кухни донёсся голос миссис Миннз:

— Лилли! Где ты, бездельница?

Лилли умоляюще взглянула на ребят и поспешила вернуться в кухню. Дети выбежали на улицу и, остановившись у фонаря, стали рассматривать конверт. На нём не было марки — девушка впопыхах позабыла её наклеить.

— Вот это да! — воскликнул Ларри. — Чудеса, да и только! Мы полдня охотимся за адресом Пикса — и вдруг он сам плывёт нам в руки!

— Ура! Ура! Какая удача! — Дейзи захлопала в ладоши.

— Однако мы должны решить, что нам делать, — наморщил лоб Ларри. — Имеем ли мы право предупреждать мистера Пикса о том, что его подозревают в поджоге? Если действительно Пикс совершил преступление, он должен быть наказан. А для этого его сначала нужно поймать. Если мы предупредим его, он может бежать и скрыться. Как же нам быть?

Юные сыщики задумались. Наконец Пип прервал молчание:

— Давайте сделаем так: мы не будем откладывать встречу с Пиксом на завтра, а пойдём к нему сегодня. Мы поговорим с ним, и, может быть, нам станет ясно, виновен он или нет. Если мы поймём, что он не преступник, то отдадим ему письмо.

— Отличная мысль! — кивнул Ларри. — К тому же мы не можем отправить письмо почтой, раз на нём нет марки. Нам остаётся только отнести его по адресу.

Ребята посмотрели на адрес на конверте:

Мистеру Хорасу Пиксу
Коттедж «Зелёный плющ»
Деревня Уилмер-Грин

— Мы поедем туда на велосипедах, — решил Ларри. — Скорей! Нам надо предупредить остальных сыщиков и отправиться в путь!

Глава десятая
Встреча с Хорасом Пиксом

Трое сыщиков вернулись в беседку, где их ждали Фатти, Бетси и Бастер. Пёс приветствовал друзей громким радостным лаем.

— Ну как? Узнали что-нибудь? — нетерпеливо спросил Фатти.

— Вначале всё шло из рук вон плохо, — ответил Ларри. — Но в конце концов нам невероятно повезло! — И он рассказал о том, что произошло на кухне.

Фатти и Бетси слушали затаив дыхание. Они с восторгом рассмотрели полученный конверт.

— А теперь, — завершил свой рассказ Ларри, — мы с Дейзи и Пипом отправимся в Уилмер-Грин — это всего в пяти милях отсюда. Выпьем чаю — и сразу в путь!

— А я тоже хочу в Уилмер-Грин! — вдруг заявила Бетси.

— Я бы тоже хотел пойти... Но что-то я не в силах... — вздохнул Фатти.

— Вы с Бетси останетесь здесь, — распорядился Ларри. — Ещё не хватало, чтобы к Пиксу ввалилась целая толпа! Он сразу заподозрит неладное.

— Вы никогда не берёте меня с собой! И не поручаете мне никаких ответственных заданий! — Бетси обиженно надула губки.

— Послушай, — успокоил её Ларри, — у меня есть для тебя ответственное задание: постарайся раздобыть адрес мистера Вунькаса. А Фатти тебе поможет. Попробуй поискать в телефонном справочнике, а если не найдёшь, надо будет расспросить кого-нибудь, кто может знать, где он живёт. Его адрес нам понадобится к завтрашнему дню — нам давно пора навестить его. Мы ведь должны допросить всех подозреваемых!

— Впрочем, двоих мы уже вычеркнули из списка, — уточнил Пип. — Мы убедились, что миссис Миннз и бродяга не могли поджечь коттедж. Таким образом, на подозрении остаются двое: мистер Пикс и мистер Вунькас. Хорошо бы нам обнаружить у кого-нибудь из них обувь на резиновой подошве нужного размера и с тем самым рисунком. Это бы сильно продвинуло наше расследование вперёд.

— Ура! Я буду искать адрес мистера Вунькаса! — Бетси запрыгала от радости, очень довольная тем, что ей дали важное поручение. — У нас дома есть телефонный справочник, так что мы с Фатти быстро его найдём!

Дети отправились на файф-о-клок: им пришлось вымыть руки, и вскоре они, примерные и послушные, сидели за столом, пили чай с вареньем. Ларри и Дейзи остались у Пипа, а Фатти отправился к себе в гостиницу.

После чая Фатти вернулся в беседку, где его уже поджидала Бетси.

Ларри, Дейзи и Пип отправились на велосипедах в Уилмер-Грин.

— Надо придумать, под каким предлогом мы явимся туда и вызовем Хораса Пикса. Есть идеи? — спросил Ларри.

Некоторое время никто не мог придумать ничего дельного.

Наконец Пип предложил:

— А давайте просто постучим в дверь и попросим пить. Вдруг нам откроет мать мистера Пикса? Я уверен, что она выложит кучу ценных сведений, и, может быть, мы узнаем, где был её сын в тот вечер, когда загорелся коттедж.

— Отличная мысль! — одобрил предложение Ларри. — И вот ещё что: перед тем как мы зайдём в дом, я спущу переднее колесо: мне понадобится время, чтобы накачать его, и это будет подходящий предлог, чтобы побыть там подольше и побольше разузнать.

— Ого! — восхитился Пип. — По-моему, с тех пор как мы сделались сыщиками, мы стали очень сообразительными! И изобретательными!

Вскоре они въехали в Уилмер-Грин. Это была уютная деревушка с красивыми лужайками и прудом, в котором плескались утки. Сыщики спросили, как проехать к коттеджу «Зелёный плющ». Оказалось, что он стоит на отшибе и сразу за ним начинается лес. Ребята подъехали к коттеджу, слезли с велосипедов и вошли в старинные деревянные ворота.

Дейзи прошептала:

— Чур, я попрошу пить! Пошли скорей!

Входная дверь была приоткрыта. Откуда-то из дома разносились странные звуки: «Чвак-чвак! Хлюп-хлюп!»

Дейзи тихонько постучала.

– Кто там? – раздался чей-то скрипучий голос.

– Простите, пожалуйста, можно попросить у вас стакан воды? – Дейзи произнесла заранее заготовленную фразу.

– Заходи, девочка, вода для тебя найдётся, – ответил голос.

Дейзи распахнула дверь и решительно шагнула в дом. Зайдя в кухню, она увидела пожилую леди, которая склонилась над раковиной и орудовала вантузом, пытаясь прочистить засор.

– Вода на окне, – не оборачиваясь, сказала она. – Стаканы на столе.

Мальчики зашли в кухню вслед за Дейзи, которая не спеша наливала себе в стакан воду из кувшина.

– Добрый вечер, мадам! – вежливо поздоровался с хозяйкой дома Ларри. – Большое спасибо вам за то, что дали воды. Мы весь день катались на велосипедах, нам стало жарко, мы ужасно устали и умираем от жажды.

Старая леди обернулась, оглядела гостя и дружелюбно улыбнулась. Ларри ей явно понравился: сразу видно, что мальчик уважает старших, хорошо воспитан. Серьёзный и рассудительный юный джентльмен!

— Откуда вы приехали? — поинтересовалась хозяйка, не выпуская из рук вантуз.

— Мы из деревни Петерсвуд, — ответил Ларри. — Вы знаете, где это?

— Отлично знаю, — кивнула она. — Мой сын служил там у мистера Хика.

— Правда? — воскликнула Дейзи. — А ведь там случился пожар. Было такое сильное пламя! Зарево вполнеба! Мы все побежали к саду мистера Хика и видели всё своими глазами. Вот это было происшествие!

— Пожар? — Старая леди так удивилась, что даже выпустила из рук вантуз. — Как пожар? Я ничего об этом не знаю. Неужели сгорел дом мистера Хика?

— Нет-нет, — Пип поспешил успокоить хозяйку. — Сгорел только маленький коттедж в саду, в котором была мастерская мистера Хика. Но это странно, что вы ничего не слышали о пожаре! Разве ваш сын не рассказал вам? А может, он тоже ничего не знает? Может, его там и не было?

— А во сколько случился пожар? — спросила старая леди.

Пип назвал точное время.

Миссис Пикс задумалась:

— Да... в тот самый день Хорас вернулся сюда, домой. Наверное, поэтому он ничего не знал о пожаре. У него вышла ссора с мистером Хиком, и он ушёл с работы. Он явился ко мне после обеда. Я не знала, что и думать, — это было так неожиданно...

— Тогда он, разумеется, не мог знать о пожаре, — рассудил Пип. — Ведь он же до конца дня был тут, с вами?

— Да нет, — ответила миссис Пикс. — У нас был файф-о-клок, а после чая он сел на велосипед и куда-то поехал, а вернулся только ближе к ночи, когда уже стемнело. Я не стала спрашивать его, где он был. Я вообще не люблю совать нос в чужие дела. Думаю, он играл в дартс возле паба «Петух и поросёнок».

Дети переглянулись. Вот это да! Получается, что Хорас Пикс куда-то исчез после пяти вечера и его мать не знает, где он пропадал до ночи. Подозрительно... очень подозрительно! Он вполне мог за это время доехать до Петерсвуда, спрятаться возле изгороди, незаметно поджечь коттедж под покровом темноты — и как ни в чём не бывало вернуться обратно домой.

Нужно было узнать, во что был обут Хорас Пикс. Ларри оглядел кухню в поисках обуви. В углу стояла пара грязных ботинок — похоже, хозяйка собиралась их вымыть. Однако подошвы ботинок были не резиновые. Но, может быть, та самая обувь как раз сейчас была на ногах у Хораса Пикса! Ларри очень хотелось, чтобы здесь появился подозреваемый.

— Я пойду на улицу и накачаю шину. У меня спустило колесо, — сказал Ларри. — Я быстро! — С этими словами он вышел из кухни, оставив Дейзи и Пипа беседовать с хозяйкой дома.

Через пару минут ребята попрощались с миссис Пикс и присоединились к Ларри.

— Больше ничего интересного нам узнать не удалось, — вздохнул Пип и вдруг толкнул Ларри в бок: — Смотри! Кто это идёт? Уж не Хорас ли Пикс собственной персоной?

В ворота вошёл худощавый молодой человек с чёлкой на лбу, срезанным подбородком и голубыми глазами, такими же, как у полицейского мистера Гуна. Но главное — на нём был серый фланелевый костюм!

Дети застыли на месте. У Ларри перехватило дыхание, а сердце Дейзи колотилось как бешеное. Неужели они наконец нашли поджигателя?

— Кто вы такие? Что вам тут надо? — спросил Хорас Пикс, оглядев нежданных гостей.

— Мы зашли попросить стакан воды, — поспешно ответил Ларри, торопливо оглядывая костюм Хораса Пикса в надежде заметить дырку.

— Мы из Петерсвуда, — пояснил Пип.

— А! Это там, где я служил у мистера Хика, — усмехнулся Хорас. — Вы знаете старину Хика, который вечно в дурном настроении? Крикливого и сварливого старину Хика? Угодить ему было невозможно.

— Нам он тоже не очень-то нравится, — согласно кивнул Пип. — А ведь у него случился пожар — в тот самый день, когда вы уволились со службы.

— А откуда вы знаете, когда я уволился? — нахмурился мистер Пикс.

— Мы узнали это от вашей матушки. Мы рассказали ей про пожар, а она вспомнила, что пожар случился вечером в тот самый день, когда вы взяли расчёт у мистера Хика.

— Значит, был пожар? Вот так потеха! Жаль, я не видел, — покачал головой Хорас. — Старый несносный скандалист! Пусть бы у него весь дом и всё хозяйство сгорели дотла! Он это заслужил.

Дети пытались понять, говорит Пикс серьёзно или шутит.

— Как же вы не видели пожара? Где же вы были? — спросил Пип.

— А вам какое дело? — огрызнулся Пикс.

Он повернулся к Ларри, который в этот момент внимательно рассматривал костюм:

– Что ты тут вынюхиваешь, как полицейская ищейка? А ну, пошёл вон отсюда!

– Что же вы сердитесь? У вас на спине что-то белое, и я хотел отчистить это пятно... – пролепетал Ларри первое, что пришло ему в голову.

Он вытянул из кармана носовой платок (будто бы для того, чтобы протереть испачканный пиджак) и случайно выронил письмо Лилли, которое упало прямо к ногам Хораса Пикса.

– А это что такое? – Хорас Пикс нагнулся и стал рассматривать конверт.

Ларри проклинал себя за неловкость – но делать было нечего:

– Это ваше. Лилли попросила нас отнести письмо на почту, но второпях забыла приклеить марку, и нам ничего не оставалось, как отправиться сюда – искать вас по адресу, который она написала на конверте.

Хорас едва успел открыть рот, явно намереваясь задать какой-то вопрос, но Ларри решил, что пора уносить ноги. Он вспрыгнул на велосипед и покатил прочь – а за ним Дейзи и Пип.

На полном ходу Ларри обернулся к Хорасу Пиксу и прокричал:

– До свидания! Мы передадим Лилли, что вы получили её письмо!

Хорас крикнул им вслед:

– Эй! Постойте!

Но не тут-то было. Ребята неслись так, что только ветер свистел в ушах!

Через пару миль Ларри затормозил и спрыгнул с велосипеда:

– Можно остановиться!

С серьёзным и мрачным видом сыщики уселись на траве.

Помолчав, Ларри произнёс:

– Я просто круглый дурак. И надо же было мне выронить конверт! – Он тяжело вздохнул и продолжил: – Но, может быть, это и к лучшему. Ведь нам всё равно нужно было бы отдать Хорасу это письмо. В конце концов, оно предназначалось ему. Теперь главный вопрос: как вам кажется, мог ли Пикс устроить пожар?

– Очень похоже на то... – задумчиво сказала Дейзи. – Он был очень зол на мистера Хика в тот день. Никто, даже его мать, не знает, где он пропадал в тот вечер. А его обувь... Ларри, ты не заметил, подошвы у него были резиновые? А костюм? Ты ведь успел рассмотреть его? Он нигде не порван?

– Я не рассмотрел, какие у него подошвы, а костюм, похоже, не порван, – отозвался Ларри.

Сыщики ещё немного поговорили о Хорасе Пиксе, раздумывая, как же теперь быть. Они решили на время оставить Пикса в покое и заняться мистером Вунькасом, про которого они пока почти ничего не знали. Может быть, новые сведения прольют свет и на подозрительное поведение Хораса Пикса.

Уже смеркалось, и друзья продолжили свой путь. Перед ними был покатый холм. Ребята с трудом вскарабкались на него. Зато, добравшись до вершины, они весело покатились вниз. Велосипеды ехали сами — только ветер свистел в ушах!

И вдруг — БУМММ! — Ларри сбил кого-то с ног. Человек повалился на землю, на него шлёпнулся Ларри, а на них с печальным звоном упал велосипед.

Когда наконец Ларри удалось сбросить велосипед и подняться на ноги, он увидел, что на траве прямо перед ним сидит — о ужас! — старина А-ну-ка-разойдись собственной персоной. Даже в темноте было видно, как он зол! Ларри в мгновение ока вспрыгнул на велосипед и помчался вниз по склону.

Вслед ему раздался яростный рёв полицейского:

— Опять вы! Что вы тут делаете?!

— А ну-ка расходимся! — давясь от смеха, крикнул в ответ Ларри.

Перед ним полным ходом неслись Пип и Дейзи, хохоча во всё горло. Сыщики торжествовали победу: похоже, старина А-ну-ка-разойдись спешил в Уилмер-Грин к Хорасу Пиксу. Но он не знал, что Пикс уже получил письмо Лилли и был предупреждён.

Глава одиннадцатая
Бродяга возвращается

Было семь вечера, когда сыщики подъехали к дому Пипа. Бетси уже начала волноваться: ведь приближалось время сна – а как же можно уснуть, не узнав, что удалось разузнать Ларри, Пипу и Дейзи? Девочка захлопала в ладоши от радости, услышав у калитки велосипедный звонок. Вместе с Фатти и Бастером она ждала путешественников в садовой беседке. Фатти поминутно разглядывал свои синяки, которые уже сменили цвет и стали тёмно-красными. Хотя они побаливали, Фатти ни за что не согласился бы расстаться с ними: он так гордился своими боевыми ранами и героическим падением с крыши!

Наконец у штаба появились трое велосипедистов – и Бетси, подпрыгнув от нетерпения, закричала во весь голос:

– Ну что? Есть новости?

– Полным-полно! – ответил Ларри. – Сейчас всё расскажем, только поставим велосипеды на место.

Через пару минут пятеро юных сыщиков и пёс сидели в беседке. Фатти и Бетси, замирая от волнения, слушали рассказ Ларри. Особенно они взволновались, когда Ларри поведал о том, как он выронил конверт с письмом. Фатти даже топнул ногой от досады!

– Однако старина А-ну-ка-разойдись идёт за нами по пятам, – тяжело вздохнул Пип. – Мы встретили его на обратном пути. Ларри со всего маху налетел на него, когда катился под горку, и сшиб его с ног! Пожалуй, мы его недооценили. Он гораздо сообразительней, чем мы думали.

– Раз так, нам надо как можно скорее выйти на след мистера Вунькаса, – задумчиво произнёс Фатти. – Мы с Бетси раздобыли его адрес.

– Молодцы! – Ларри был очень доволен. – Где же он живёт?

— Адрес есть в телефонном справочнике, — объяснила Бетси. — Найти его оказалось очень легко, там только один мистер Вунькас. Однофамильцев у него нет. Он живёт в доме «Плакучая ива» на Джеффри-Лейн.

— Ух ты! Выходит, его сад примыкает к нашему! — изумился Ларри. — Слышишь, Дейзи? Ведь «Плакучая ива» стоит прямо за нашим домом. А мы и не знали, кто там живёт! В саду там всегда пусто, никого нет. Только изредка видно какую-то старушку.

— Это, наверное, его экономка, мисс Миггл, — предположил Фатти.

— А ты откуда знаешь? — недоверчиво покосилась на него Дейзи.

— Мы с Бетси сегодня проявили свои детективные таланты, — усмехнулся Фатти. — Мы спросили вашего садовника, где находится «Плакучая ива», а он ответил, что там работает его брат, и объяснил нам, как туда пройти. Он рассказал нам про мисс Миггл, о том, как трудно ей приходится. Ей нужно присматривать за старым мистером Вунькасом и следить, чтобы он вовремя умывался, чистил зубы по утрам, мыл руки перед обедом. А ещё она стирает его одежду, чистит обувь, поддерживает порядок в доме, готовит еду и напоминает хозяину, что, отправляясь на прогулку, надо надеть плащ и взять зонтик, если идёт дождь.

— А почему ей приходится всем этим заниматься? Он что, инвалид? Или, может быть, у него плохо с памятью? — удивился Ларри.

— Нет-нет, дело не в этом. Он какой-то там... как же это? Позабыл... какой-то «-олог». Он изучает старые рукописи, книги и знает про них больше всех на свете. Он думает только о своих старинных свитках и бумагах и ничего вокруг не замечает. Садовник сказал, что учёные часто страдают рассеянностью. И ещё он сказал, что у мистера Вунькаса немало ценных рукописей.

— Раз он наш сосед, то, пожалуй, мы с Ларри можем расспросить его завтра утром, — предложила Дейзи, которой тоже не терпелось проявить свои детективные таланты. — Мне кажется, нам неплохо удаётся разговаривать с людьми и выпытывать у них разные сведения. Не сомневаюсь, что у нас это получается лучше, чем у старины А-ну-ка-разойдись. Ведь подозреваемый всегда будет настороже и сто раз подумает, прежде чем что-нибудь сказать, если его допрашивает полиция. А с детьми люди разговаривают совершенно свободно, ничего не опасаясь.

Ларри залез в тайник и извлёк оттуда свой дневник.

– Надо записать туда всё, что мы узнали сегодня, – важно произнёс он.

Пип взял спичечный коробок, открыл его, достал кусочек серой фланели, внимательно рассмотрел его, пытаясь определить, может ли это быть клочок того костюма, который был надет на мистере Пиксе.

– Похоже на то, – пробормотал он. – Однако Ларри так и не удалось отыскать дырку на пиджаке. Хотя это мог быть и клочок от его брюк. Они тоже серые фланелевые. Впрочем, брюки у него, кажется, были совершенно целые...

Все сыщики стали внимательно изучать серый клочок ткани. Налюбовавшись на него и так и не придя ни к какому выводу, они дружно вздохнули. Пип убрал улику обратно в спичечный коробок, развернул великолепные копии отпечатков, которые сделал Фатти, и улыбнулся, вспомнив, как они с Ларри разыграли самолюбивого художника, «разглядев» на рисунках уши, туловище и руки.

– Отличные рисунки! – Пип одобрительно кивнул Фатти.

Тот просиял – но решил деликатно промолчать. Общение с ребятами уже научило его, что не надо слишком распространяться о собственных заслугах, успехах и талантах.

Подумав, Фатти осторожно произнёс:

— Я зарисовал эти следы по памяти и так хорошо их запомнил, что теперь смогу узнать те самые подошвы, как только их увижу.

— Я тоже хочу их запомнить! — заявила Бетси и стала пристально разглядывать рисунок.

Она несколько раз зажмуривала глаза, а потом снова смотрела на зарисовки отпечатков, пока наконец не убедилась, что она, как и Фатти, сможет узнать эти отпечатки из сотни других.

— Я записал все последние события, — сообщил Ларри, захлопывая дневник. — Надо признать, что наши улики пока не очень-то нам помогли. Нужно всё-таки постараться выяснить, нет ли у мистера Пикса обуви на резиновой подошве. И нам давно уже пора приняться за мистера Вунькаса и его ботинки.

— Самое печальное, что у них дома — в шкафу или где-нибудь в комнате — могут стоять те самые ботинки, но мы никогда не узнаем об этом.

— Думаю, можно найти способ заглянуть в комнаты наших подозреваемых, — уверенно заявил Ларри, который, по правде говоря, не имел ни малейшего представления, каким способом можно проникнуть[...] залезть в шкаф мистера Вунька[...] Пикса.

Помолчав, Ларри продолжил:

— Итак, у нас четверо подозреваемых. Во[-первых], миссис Миннз, которую, впрочем, в тот ве[чер] скрутил ревматизм, так что она всё время сидела в кресле, греясь у огня (если верить показаниям её сестры), и потому она никак не могла поджечь коттедж. Остаются ещё трое. Среди них — бродяга, у которого, однако, нет обуви с резиновыми подошвами и нет серого фланелевого пальто и который после пожара даже не собирался убегать и прятаться, так что, скорее всего, он не поджигал мастерскую. Остальные двое...

— Хорас Пикс! — перебил его Пип. — Почему, интересно, он не ответил, где он был вечером накануне пожара? Это очень подозрительно.

— Именно так! И если мистер Вунькас убедительно ответит нам на этот вопрос, у нас останется единственный подозреваемый — мистер Пикс! — заключил Ларри. — Тогда нам нужно будет целиком сосредоточиться на нём, разузнать, есть ли у него обувь на резиновой подошве, не порван ли его серый фланелевый костюм, и выяснить по минутам, где он был и что делал вечером накануне пожара.

— ...ыясним, то что? — ...округлив глаза. — ...всё нашему полицей-...

... — фыркнул Ларри. — ...емся со стариной А-ну-...дать ему в руки все нити ...очь ему продвинуться по ...прямиком к инспектору Дж... ...ку полиции округа. Мой папа с ним з... ...и говорит, что это умнейший человек. Он живёт в соседнем городе.

— Ой, боюсь, боюсь! — простонала Бетси. — Я боюсь даже нашего А-ну-ка-разойдись, а уж самого инспектора боюсь в миллион раз больше!

— Да чего же ты боишься, глупенькая? — засмеялся Фатти. — Не знаю, как насчёт инспектора, но бояться нашего А-ну-ка-разойдись совершенно нечего! Ларри с разгона налетел на него, опрокинул его на землю — и поехал себе дальше как ни в чём не бывало.

Все дружно засмеялись.

Скоро родители позвали Пипа и Бетси ужинать, и они побежали домой. Фатти пожелал всем доброй ночи и пошёл в гостиницу, а за ним потрусил Бастер. Ларри и Дейзи сели на велосипеды и покатили к себе.

После ужина Бетси и Пип остановились у двери детской.

— Завтра к нам придёт бродяга: я ведь пообещал отдать ему старые ботинки, — прошептал Пип на ухо Бетси. — Я задам ему ещё пару вопросов.

— Каких вопросов? — спросила Бетси.

— Спрошу, не видел ли он, как мистер Пикс прятался в саду возле канавы. Если он скажет, что Пикс там был, мы сильно продвинемся!

Пятерым сыщикам не спалось в эту ночь — так много событий произошло за день, что каждый, ворочаясь в своей постельке, вспоминал и обдумывал то, что они узнали за день. Когда наконец ребята заснули, даже сны им снились про расследование тайны сгоревшего коттеджа. Бетси приснилось, что А-ну-ка-разойдись посадил её в тюрьму как главного подозреваемого. Фатти снилось, как он опять падает с крыши, и он просыпался от боли — это ныли его ссадины и синяки.

На следующий день было решено, что Бетси, Пип и Фатти останутся в саду и будут поджидать бродягу. Если он появится, Пип попробует разговорить его. Пип и Ларри обсудили, что именно и как надо выведать у бродяги.

— Поставь ботинки на видное место, чтобы он захотел поскорее заполучить их, — посоветовал

Ларри. — Но не отдавай их ему, пока он не ответит на все твои вопросы. Сначала ответы, потом ботинки!

Бетси, Пип, Фатти и Бастер с самого утра дожидались бродягу — и вскоре он действительно появился. Он нерешительно мялся у задней калитки, что-то бормотал про себя и затравленно озирался — словно боялся, что кто-то выслеживает его. На нём по-прежнему были стоптанные и разбитые старые ботинки, которые просили каши.

Пип заметил бродягу и вполголоса позвал его:

— Доброе утро! Хорошо, что вы пришли. Заходите!

Бродяга недоверчиво уставился на Пипа и спросил:

— А вы точно не вызовете ту полицейскую ищейку?

— Конечно нет! — Пип начал терять терпение. — Вы думаете, он нам нравится? Ничего подобного!

— Где ботинки? — осведомился бродяга.

Пип кивнул, открыл калитку и проводил гостя в беседку. Ботинки стояли в беседке на лавке — бродяга сразу увидел их, и глаза его блеснули.

— Отличные ботинки! — потёр руки бродяга. — Будут мне впору!

Он потянулся за ботинками, но Пип поспешно отодвинул их подальше и сказал:

— Они ваши, если вы ответите на пару вопросов.

Бродяга настороженно втянул голову в плечи и прохрипел:

— Что ещё за вопросы? Я ничего не знаю! Мне не нужны неприятности!

Пип постарался успокоить его:

— Не волнуйтесь! Никаких неприятностей! Всё, что вы скажете, останется между нами.

— А что вы хотите узнать? — поколебавшись, спросил бродяга.

— Видели ли вы кого-нибудь в саду мистера Хика в тот вечер, когда случился пожар? Может быть, кто-нибудь там прятался в кустах? Или в канаве возле изгороди?

— Да! — ответил бродяга. — Я там кое-кого видел.

Пип, Бетси и Фатти затаили дыхание.

— Конечно, видел, — продолжал бродяга. — Я видел много народу в саду в тот самый вечер.

— А вы сами где были? — не утерпела Бетси, которая просто сгорала от любопытства.

— Не твоё дело, девочка! — буркнул бродяга. — Я ни в чём не виноват и не сделал ничего плохого!

«Да, ты всего лишь следил за курочками-несушками, дожидаясь, пока они снесут яичко-другое, чтобы поживиться, пока не видит старина Чао-Какао», – подумал про себя Пип, а вслух сказал:

– Как выглядел тот человек, который прятался в кустах? Он был молодой? У него была чёлка? А глаза голубые? – И Пип описал Хораса Пикса.

– Знать не знаю, какие у него глаза, – пробурчал бродяга, – но чёлка у него на лбу была, это точно. Он что-то говорил шёпотом, но я не видел, к кому он обращался.

Вот так новости! Хорас Пикс прятался в кустах, да ещё и не один! Неужели злоумышленников было двое? Загадки множились, и дети не знали, что и думать. Может быть, мистер Пикс и мистер Вунькас составили заговор и вместе подожгли коттедж?

– Послушайте... – начал было Пип, но бродяга прервал его.

– Отдайте мне ботинки! Больше я не скажу ни словечка, разрази меня гром! Рот на замок! Мне не нужны неприятности. Я честный малый, и моё дело сторона.

Он схватил ботинки, тут же надел их и решительно направился к выходу. Было ясно, что больше из него ничего не удастся выудить. Дети проводили его взглядом. Бродяга шёл быстро — видно было, что ботинки пришлись ему впору. Ну или почти впору — может быть, они были чуть-чуть великоваты. Самую малость.

— Да-а-а... Дело запуталось окончательно... — задумчиво протянул Фатти. — Оказывается, в саду Хика прятались двое, и один из них — наш приятель Хорас. А кто же был тот, другой? Может быть, Ларри и Дейзи удастся разузнать что-то такое, что прольёт свет на все эти загадочные события...

Бастер, который рычал и скалил зубы всё время, пока бродяга был в беседке, вдруг завилял хвостом и весело тявкнул.

— Смотрите! — воскликнула Бетси. — Ларри и Дейзи идут сюда, к нам! Сейчас мы всё узнаем!

Глава двенадцатая
Мистер Вунькас и ботинки с резиновыми подошвами

Этим утром Ларри и Дейзи тоже не скучали. После завтрака они решили, не откладывая, встретиться с мистером Вунькасом. Но под каким предлогом они могли прийти к нему?

— Мы, конечно, можем постучаться и попросить стакан воды или что-то в этом роде, — предложила Дейзи. — Честно говоря, я не могу придумать ничего лучше...

Минут пять оба напряжённо размышляли, как поступить.

Наконец Ларри улыбнулся и щёлкнул пальцами:

– Есть идея! Что, если мы перекинем мячик через ограду его сада?

– И что? – недоумевающе спросила Дейзи.

– Как что? Нужно же будет достать его, а для этого нам придётся залезть в сад. Мы будем пыхтеть, шуметь, громко разговаривать – в общем, делать всё, чтобы он нас заметил.

– А! Ясно! – кивнула Дейзи. – Отличная мысль! Так и сделаем.

Брат и сестра направились к дому мистера Вунькаса. Ларри изо всех сил поддал мяч ногой, и тот, перелетев через ограду, упал за деревьями, в кусты, которые росли в глубине сада. Дети смело зашли в калитку и стали делать вид, что ищут мячик. Они его прекрасно видели – он лежал посреди кустистых роз, которые росли на большой клумбе. Но так быстро обнаружить пропажу не входило в их планы. Дети громко топали по дорожкам, перекликались, хлопали в ладоши в надежде, что их услышат и можно будет завязать знакомство с обитателями дома.

Наконец окно, выходящее в сад, распахнулось, и из него выглянул пожилой джентльмен – лысый, с редкой седой бородёнкой и в огромных очках с роговой оправой.

— Эй, господа! — продребезжал он. — Что вы делаете в моём саду?

Ларри подбежал к окошку и вежливо ответил:

— Добрый день, сэр! Наш мячик улетел в ваш сад. Будьте так добры, позвольте нам отыскать его.

В этот момент налетел порыв ветра: он растрепал причёску Дейзи, взлохматил бородёнку мистера Вунькаса, ворвался в его кабинет — и бумаги на столе зашуршали, зашумели. Одна из них поднялась в воздух и вылетела в окно. Мистер Вунькас попытался схватить её — но тщетно: бумага пролетела над садовой дорожкой и спланировала на клумбу.

— Не волнуйтесь, сэр! — крикнул Ларри. — Я сейчас!

Он подбежал к клумбе, схватил бумагу, внимательно рассмотрел её и удивлённо произнёс:

— Какая странная бумага! Плотная, жёлтого цвета и вся покрыта странными закорючками!

— Это старинный пергамент, — пояснил мистер Вунькас.

Ларри вручил пергамент старому джентльмену, и тот принялся разглядывать его, близоруко щурясь.

Ларри изобразил, что его очень интересует этот старый документ:

— О сэр! Я никогда не видел ничего подобного! Вы сказали, что это рукопись старинная? Сколько же ей лет?

Мистер Вунькас был рад случаю поговорить о своём хобби. Он протёр очки и с гордостью произнёс:

— Эта грамота ещё не самая старая в моей коллекции. У меня есть гораздо более древние манускрипты. Я провёл много часов, разбирая письмена, которые на них начертаны. Чтобы прочесть старую рукопись, нужно знать очень многое — в первую очередь хорошо разбираться в истории.

— Поразительно! — восхищённо покачал головой Ларри. — А не могли бы вы показать мне их, сэр?

— Конечно же, дитя моё, — ответил мистер Вунькас, благосклонно взглянув на Ларри поверх очков. — Зайди ко мне в кабинет, дружок. Дверь, которая ведёт из сада в дом, должна быть открыта.

— А можно моя сестра тоже зайдёт к вам? Ей будет очень интересно взглянуть на старинные рукописи.

«Надо же! Какие странные дети!» — подумал мистер Вунькас, глядя на Ларри и Дейзи.

Вскоре брат и сестра оказались в прихожей. Пока они тщательно вытирали ноги о коврик, из комнаты выглянула миниатюрная пожилая леди с птичьим личиком и изумлённо воззрилась на гостей.

— Что это вы тут делаете? — спросила она. — Это дом мистера Вунькаса, и он вряд ли будет рад непрошеным посетителям.

— Добрый день! Мистер Вунькас сам пригласил нас зайти, — вежливо ответил Ларри. — Мы как следует вытерли ноги и не испачкаем вам полы.

— Он пригласил вас зайти? — ахнула мисс Миггл, экономка мистера Вунькаса (да-да, это была именно она!). — Как странно! Он никогда не приглашает гостей. У нас бывал только мистер Хик — до того, как они насмерть поссорились. Теперь и он перестал приходить.

— Надо же! — Ларри всё ещё старательно вытирал ноги о коврик: он изо всех сил тянул время, чтобы успеть как следует расспросить мисс Миггл. — Но, может быть, с тех пор сам мистер Вунькас навещал мистера Хика?

— Ну, разумеется, нет! — решительно тряхнула головой мисс Миггл. — Мистер Вунькас сказал мне, что ноги его не будет в доме у невежды, который позволяет себе кричать, обзываться и топать ногами. Бедный мистер Вунькас, он не заслужил такого обращения! — вздохнула экономка. — Это милейший и добрейший старый джентльмен. Он, конечно, страдает рассеянностью — как и всякий учёный, — у него есть свои странности, но он и мухи не обидит.

— Он ведь, наверное, видел, какой жуткий пожар случился в коттедже мистера Хика? — вставила Дейзи.

Мисс Миггл закатила глаза:

— Да, это было ужасно! В тот вечер мистер Вунькас, по своему обыкновению, выходил гулять часов около шести, но он вернулся ещё до того, как начался пожар.

Брат и сестра переглянулись. Итак, мистер Вунькас куда-то ходил в тот вечер — и он вполне мог проникнуть в сад мистера Хика, поджечь коттедж и как ни в чём не бывало вернуться обратно.

— А вы видели пожар? — полюбопытствовала экономка.

Но Ларри не успел ей ответить: в коридоре появился мистер Вунькас. Он недоумевал, куда подевались его гости. Дети проследовали за ним в кабинет, где повсюду громоздились стопки книг и горы бумаг.

— Ну и ну! — Дейзи ахнула, оглянувшись вокруг. — Неужели у вас в кабинете некому сделать основательную уборку? Здесь такой беспорядок! Книги и бумаги лежат даже на полу...

— Я строго-настрого запретил мисс Миггл даже заходить в мой кабинет! — проскрипел мистер Вунькас, поправляя очки, которые у него поминутно съезжали на самый кончик носа. — Идите сюда! Я покажу вам старинные книги — раньше книги писали на больших свитках. Вот это рукопись... так... постойте... какого же она века? Сейчас посмотрю. Я отлично умею датировать старинные рукописи, но этот невежда и грубиян Хик вечно спорит со мной и сбивает меня с толку...

— Должно быть, та ссора, которая приключилась у вас с ним пару дней назад, сильно вас расстроила, — сочувственно произнесла Дейзи.

Мистер Вунькас снял очки, протёр их грязным носовым платком и снова водрузил на нос.

— Да, конечно, конечно. Терпеть не могу ссор, крика, скандалов! Вообще-то Хик — славный малый, но он слишком уж раздражителен и не переносит, если ему скажут хоть слово поперёк. Так вот, эта старинная рукопись...

И он начал нескончаемую лекцию, из которой дети не поняли ни слова. Впрочем, они старательно делали вид, что им очень интересно. Покончив с первым свитком, Вунькас перешёл к другой куче бумаг и стал рыться в ней, явно намереваясь извлечь оттуда ещё один манускрипт.

Ларри толкнул Дейзи локтем и шепнул:

— Пока он там роется, сходи в коридор и постарайся найти и рассмотреть его обувь!

Дейзи тихонько выскользнула из кабинета. Мистер Вунькас, увлечённый своими бумагами, даже не заметил её отсутствия. Ларри подумал, что, если бы и он вышел в коридор, мистер Вунькас как ни в чём не бывало продолжал бы свою лекцию, нимало не заботясь, есть у него слушатели или нет.

Между тем Дейзи, оказавшись в коридоре, осторожно открыла дверцы гардероба и осмотрела нижние полки. Там было полным-полно разных ботинок, сапог, туфель. Девочка принялась торопливо перебирать обувь. Кажется, эта обувь того самого размера! Но пока ей не попалось ни одной пары с резиновыми подошвами. И вот наконец в дальнем углу шкафа она увидела пару ботинок на резине! От волнения у неё перехватило дыхание. Неужели это они? Дейзи посмотрела на подошвы, но — вот досада! — она никак не могла точно вспомнить, как выглядели следы. Что же делать? «Надо сравнить эти подошвы с рисунком Фатти!» — решила Дейзи. Она схватила один ботинок и засунула под свитер, который конечно же сразу подозрительно оттопырился. Но ничего лучшего Дейзи придумать не смогла. Она вылезла из шкафа, захлопнула дверцы, обернулась и... Прямо перед ней стояла мисс Миггл!

Удивлённо глядя на девочку, экономка покачала головой:

— Что это ты делала в шкафу? Только не говори мне, что вы с мистером Вунькасом решили поиграть в прятки!

— Нет... я... э-э-э-э... ну, в общем... — промямлила Дейзи.

Мисс Миггл снова покачала головой и направилась к двери кабинета, где бедняга Ларри всё ещё внимал лекции мистера Вунькаса. В руках у экономки был поднос, а на нём — три булочки, три стакана и кувшин с молоком. Дейзи шла следом, надеясь, что мисс Миггл не заметит, что со свитером у неё что-то не так. Экономка заглянула в кабинет и обратилась к мистеру Вунькасу:

— Сэр, уже одиннадцать утра, вам пора завтракать. А это вашим гостям — я подумала, что вы захотите угостить их. Какие милые детки! — С этими словами мисс Миггл взглянула на Дейзи. — Очаровательная девочка! Только животик толстый... надо тебе поменьше есть сладкого! Хотя нет, это же у тебя сумка на поясе, верно? Ты что же, носишь поясную сумку под свитером, а не поверх его? Как странно...

Ларри с недоумением посмотрел на сестру, которая, запинаясь, пробормотала:

— Да, это у меня там сумка... то есть нет... ну в смысле да... такая сумка-кошелёк... Я её надеваю под свитер, так безопаснее...

Произнеся эту ахинею, Дейзи умолкла, искренне надеясь, что никто не станет заглядывать ей под свитер. Разумеется, никто и не думал этого делать.

Ларри открыл было рот и произнёс: «А-а-а что...» Но Дейзи метнула на него свирепый взгляд, и он тут же изобразил, что просто зевнул, а вовсе не собирался никого ни о чём спрашивать. К тому же Ларри вдруг заметил, что по форме «сумка-кошелёк» подозрительно напоминает ботинок!

Дети угощались молоком и булочками, а мистер Вунькас так и не притронулся к своей порции. Мисс Миггл не знала, как заставить его прервать лекцию. Наконец она тронула его за локоть и сказала:

— Пожалуйста, сэр, обратите внимание! Вот ваше молоко. И булочка. Надо позавтракать, а беседу можно продолжить и потом!

Мистер Вунькас принялся за еду, а экономка, воспользовавшись возникшей паузой, продолжала:

— Бедный мистер Вунькас! С тех самых пор, как случился пожар, он сам не свой! Просто беда!

— Да, утрата этих ценнейших, уникальных, неповторимых документов, которые сгорели у Хика в коттедже, — это тяжёлый удар для меня, — вздохнул мистер Вунькас. — Они стоили не меньше десятка тысяч фунтов! А может, и дороже. Хотя на самом деле им цены нет! Я знаю, Хику выплатят за них страховку, но что такое деньги. Никакие деньги не заменят эти бесценные рукописи!

— Вы ведь поссорились с мистером Хиком в то утро? — спросила Дейзи.

— Да нет, что вы! Это была не ссора, это была учёная дискуссия. Этот невежда Хик твердил, что рукописи, которые я вам только что показал, были написаны неким Улинусом. Вздор! Я точно знаю, что их писали три разных человека. Но я никак не мог убедить в этом мистера Хика. Мы долго спорили, и в конце концов он потерял терпение, закричал не своим голосом, затопал ногами и выгнал меня вон. Я был так расстроен и напуган поведением этого грубияна, что, уходя, позабыл у него на столе свои рукописи!

— Ах, как я вам сочувствую! — воскликнула Дейзи. — Вы, наверное, узнали, что был пожар, только на следующее утро?

– Ну конечно!

– А вот когда вы вечером пошли гулять, вы же проходили мимо дома мистера Хика? Это ведь было незадолго до пожара. Вы ничего подозрительного там не заметили?

У мистера Вунькаса был озадаченный вид. Очки сползли у него с носа и упали на стол. Он машинально подобрал их и стал протирать платком. Потом дрожащими руками он водрузил очки обратно на нос.

Мисс Миггл ласково погладила его по плечу.

– Спокойствие, только спокойствие, дорогой сэр! – проворковала она. – Не стоит так волноваться! Пейте молоко, и вот ваша булочка. Вы просто сам не свой с тех пор, как случился этот ужасный пожар! Вы сказали мне, что даже не помните, где были в тот вечер. Вы отправились на прогулку и где-то бродили, сами не помните где...

Мистер Вунькас бессильно откинулся на спинку кресла.

– Да-да, именно так. Вы правы, мисс Миггл! Вот именно так. Я бродил. Вот именно... А где же я бродил?.. Странно... не помню... совсем не помню... Но ведь это со мной случается, не правда ли, мисс Миггл? Я ведь порой забываю, где я был, что делал...

— Да, забываете, и частенько! — Экономка продолжала ласково гладить старого джентльмена по плечу. — А после этой ссоры, после пожара и потери ваших драгоценных бумаг вы стали просто сам не свой. Спокойствие, только спокойствие, дорогой сэр!

Она обернулась к детям и прошептала:

— Пожалуй, вам лучше уйти. Он очень расстроен и плохо себя чувствует...

Дети поблагодарили мисс Миггл за угощение и на цыпочках вышли из кабинета. Оказавшись снова в саду, они забрали из кустов мячик и выбежали из калитки на улицу.

— Удивительное дело... — задумчиво произнесла Дейзи. — Почему он повёл себя так странно, когда мы стали расспрашивать его, где он был в тот вечер, когда случился пожар? А вдруг это он поджёг коттедж — а потом начисто забыл об этом? Или наоборот: может быть, он помнит, что поджёг коттедж, и очень боится, что об этом узнают?

— Да, странно... — согласился Ларри. — Всё-таки я никак не могу поверить, что такой учёный пожилой джентльмен мог сжечь коттедж. Хотя, если время от времени у него случается помрачение сознания... кто знает! Что это у тебя под свитером, Дейзи?

— Ботинок на резиновой подошве и с товарным знаком! — Дейзи извлекла свой трофей из-под свитера. — Как тебе кажется, похожа его подошва на тот отпечаток?

— Кажется, похожа... — задумчиво произнёс Ларри, разглядывая подошву. — Давай отнесём его к нам в штаб. Бежим скорей! Мне не терпится сравнить этот ботинок с нашим рисунком!

Глава тринадцатая
Удивительный разговор с Лилли

Ларри и Дейзи примчались в штаб, где их ждали остальные сыщики. Все принялись разглядывать трофей Дейзи.

— Вот это да! Дейзи, похоже, ты отыскала те самые ботинки на резиновых подошвах, которые были на ногах у злоумышленника! — воскликнул Фатти.

— Пожалуй! — с важным видом отвечала Дейзи. — Дело было так: мы с Ларри отправились к мистеру Вунькасу, как и было задумано, и, пока подозреваемый беседовал с Ларри, я незаметно вышла из кабинета в коридор, где стоит гардероб. Там я и нашла пару ботинок на резиновых подошвах — и мне показалось, что рисунок на них такой же, как на следах, которые мы нашли.

— Да, похоже, подошва этого ботинка точно такая же, как на правом отпечатке, — произнёс Пип.

— Конечно! — подтвердил Фатти. — Я-то уж никак не могу ошибиться — ведь именно я срисовал отпечатки!

— А мне кажется, что они отличаются! — вдруг вмешалась Бетси. — Посмотрите: вот эти крестики гораздо меньше, чем на отпечатке. Ну конечно! Это разные подошвы.

— Бетси! Ты-то что понимаешь в этом?! Лучше помалкивай! — пренебрежительно бросил Пип. — Но давайте всё-таки для верности сверим с рисунком. Фатти, достань-ка его из тайника!

Фатти вынул рисунок. Все склонились над ним и над ботинком мистера Вунькаса. Сыщики долго всматривались, старательно сличая подошву и рисунок, — и наконец разочарованно вздохнули.

— Бетси права, — покачал головой Фатти. — Крестики на подошве гораздо меньше тех, что на рисунке. А на рисунке ошибки быть не может, потому что я несколько раз тщательно всё измерил, прежде чем перенести на бумагу. Уж моему глазомеру можно доверять, это я вам говорю...

— Ну хватит! — оборвал его Ларри, который терпеть не мог, когда Фатти начинал хвастаться. — Всё правильно! Подошва ботинка и нарисованный отпечаток не совпадают. Бетси, ты молодец!

Бетси сияла от гордости. Ей действительно удалось запомнить рисунок до малейших деталей! Но, как и всем остальным, ей было досадно, что усилия Дейзи пропали даром и добытый ею ботинок вовсе не был ботинком поджигателя.

— Ну и трудное же это занятие — быть сыщиком! — вздохнула Бетси. — Стараешься, ищешь улики, а потом оказывается, что нашёл ты совсем не то — или что-то совсем бесполезное, или что-то такое, что окончательно запутывает и без того запутанное дело. Пип, расскажи ребятам про свой разговор с бродягой.

— Да, конечно! Я и забыл об этом! — спохватился Пип.

И он подробно рассказал о том, что удалось узнать от бродяги.

— Словом, опять сплошные загадки, — подытожил свой рассказ Пип. — Бродяга видел в кустах мистера Пикса, который прятался там, и ещё он слышал, что Пикс перешёптывался с кем-то. Кто же это мог быть? Может быть, старый мистер

Вунькас? Ведь он в тот вечер ходил на прогулку — и мистер Пикс тоже где-то пропадал, раз дома его не было. А вдруг они сговорились и вместе подожгли коттедж?

— Вполне возможно, — задумчиво сказал Ларри. — Они наверняка были знакомы и вполне могли встретиться в тот день и договориться как следует наказать мистера сварливого ругателя. Но это только предположения. Нужны доказательства!

— Может быть, нам снова навестить мистера Вунькаса? — предложила Дейзи. — Всё равно нам надо вернуть ему ботинок. Кстати, а куда пропал наш друг А-ну-ка-разойдись? Кто-нибудь видел его сегодня?

Оказалось, что полицейского никто не видел — и не горел желанием увидеть. Сыщики стали совещаться, как действовать дальше. Дело становилось всё запутаннее. Они вычеркнули миссис Миннз и бродягу из списка подозреваемых, однако признать мистера Пикса или мистера Вунькаса виновными в поджоге было невозможно, потому что не хватало улик.

— По-моему, нам надо ещё раз повидать Лилли, — неожиданно предложил Фатти. — Она наверняка нам кое-что расскажет про мистера Пикса. Ведь не зря же она писала ему и пыталась его предостеречь. Это было не просто так — ей что-то известно об этом деле.

— Но Лилли не было дома в ночь, когда случился пожар, — возразила Дейзи. — Она ведь говорила, что у неё был выходной.

— Ну и что? Она вполне могла сначала уйти, а потом незаметно вернуться в сад мистера Чао-Какао, — настаивал Фатти.

— Похоже, полдеревни засело в кустах в саду Чао-Какао в тот вечер! — усмехнулся Ларри. — Там был мистер Пикс и, похоже, ещё и мистер Вунькас. А теперь вот и Лилли.

— Ну да! За каждым кустом сидел поджигатель или наблюдатель! — засмеялся Фатти. — И всё-таки вам не кажется, что имеет смысл поговорить с Лилли? Я ни в чём её не подозреваю, но она может знать что-нибудь такое, что поможет нам в расследовании.

— Согласен! Это правильная мысль! — кивнул Ларри. — Займёмся этим сразу после обеда. Давайте пойдём к Лилли все вместе — скажем ей, например, что хотим ещё раз посмотреть на котят. А как насчёт ботинка мистера Вунькаса? Его надо вернуть хозяину.

— Вернём его вечером, когда стемнеет, — предложила Дейзи. — Ты ведь сможешь незаметно зайти в ворота, проникнуть в коридор и тихонько положить ботинок на место?

— Конечно, смогу! — ответил Ларри. — А сейчас всем приятного аппетита! Встречаемся в штабе после обеда!

В половине третьего, сразу после обеда, сыщики встретились в штабе. По дороге Дейзи зашла в рыбную лавку и купила гостинец для кошек. Хоть в лавке его и завернули в двойной слой бумаги, запах был такой соблазнительный, что Бастер сразу принялся прыгать вокруг Дейзи, пытаясь уговорить её развернуть упаковку и уделить ему кусочек.

— Скорей! — торопил всех Фатти. — Нам надо успеть поговорить с Лилли и вернуться обратно к чаю. Времени совсем немного!

Сыщики двинулись к дому мистера Хика. На этот раз они не боялись столкнуться с хозяином: Пип видел, как полчаса назад Чао-Какао сел в машину и отправился по делам.

— Один или двое из нас будут отвлекать разговорами миссис Миннз, — на ходу раздавал указания Ларри. — Задача остальных — выманить Лилли в сад и потолковать с ней без лишних свидетелей. От нас потребуется смекалка. Будем действовать по обстановке!

Однако всё сложилось как нельзя лучше: Лилли была на кухне одна, миссис Миннз куда-то отлучилась. Девушка обрадовалась и детям, и Бастеру.

— Заходите! И пёсик тоже может зайти — я отправила Ириску и котят в коридор. Я очень люблю собак! Какой милый! Как его зовут? Бастер? Ах, какой красавчик! И умничка! Бастер, Бастер! Можно угостить его косточкой?

Вскоре скотчтерьер уже лежал возле кошачьей корзинки и с удовольствием грыз сахарную косточку. Лилли достала из буфета шоколадку и угостила детей. Она улыбалась и была очень приветлива: без миссис Миннз ей было явно веселее.

— Мы передали ваше письмо мистеру Пиксу, — сообщил Ларри. — Мы отыскали его и вручили ему конверт.

— Я сегодня получила от него ответ, — вздохнула Лилли. Улыбка слетела с её лица, на глаза набежали слёзы. — Этот ужасный мистер Гун был у него и наговорил ему столько неприятного! Хорас очень расстроен и напуган.

— Неужели мистер Гун думает, что это он поджёг коттедж? — сочувственно покачала головой Дейзи.

— Да! — всхлипнула Лилли. — На самом деле очень многие так думают. Но это неправда!

— Почему вы так уверены, что мистер Пикс не виноват? — спросил Фатти.

— Я уверена! Совершенно уверена!

— Но вас же не было здесь в тот вечер, когда случился пожар, — рассудительно сказал Ларри. — Как же вы можете быть уверены? Раз вас не было, вы не можете знать, кто это сделал. Это мог быть мистер Пикс — или кто-то другой...

— Если вы обещаете не болтать, я кое-что вам расскажу! — прервала его девушка. — Обещаете? Тогда поклянитесь — вот так: «Зарок даю секрет хранить — и никому не говорить! А если клятву я нарушу, пусть отдерут меня за уши!»

Все торжественно повторили клятву, и Лилли, оглянувшись вокруг, наклонилась к детям и прошептала:

— Слушайте же: я точно знаю, что Хорас не мог поджечь коттедж, потому что в тот вечер он был со мной! Мы встретились в пять часов, а расстались в десять, потому что мне надо было возвращаться на работу.

Дети переглянулись. Вот так новость!

— А почему же вы не скажете об этом мистеру Гуну? — удивился Ларри. — Ведь это сразу снимет с Хораса подозрения!

На глазах у девушки снова заблестели слёзы.

— Я не могу... не могу признаться, что мы встречаемся с Хорасом! Моя мама считает, что я ещё мала и мне рано думать о женихах. Но мы с Хорасом очень любим друг друга, хотя мои родители против! Папа пригрозил мне, что запрёт меня дома, если узнает, что я вижусь с Хорасом. А миссис Миннз тут же доложила бы родителям, если бы увидела нас вдвоём. Поэтому мы встречаемся изредка, украдкой, а здесь я не могла даже подойти к нему и уж тем более — заговорить с ним.

— Бедная Лилли! — Дейзи чуть не плакала от жалости. — Так вот почему ты изо всех сил защищала его? Вот почему ты написала ему?

— Да! Я хотела предупредить, что его подозревают в поджоге! Я не могу признаться, что тот вечер мы провели вместе, потому что отец накажет меня, а миссис Миннз добьётся, чтобы меня уволили. А я не хочу потерять работу! Я не хочу сидеть дома взаперти! Хорас тоже не будет рассказывать, что он виделся со мной: он не хочет, чтобы у меня были из-за него неприятности...

— А где вы с ним провели тот вечер? — поинтересовался Фатти.

— Я поехала на велосипеде к Уилмер-Грин. Мы встретились с ним на полдороге. Там живёт моя сестра. Мы навестили её, она накормила нас ужином. А потом мы пили чай. Мы рассказали ей, что Хорас потерял место, а она ответила, что, может быть, её муж сможет предложить ему работу.

Фатти покачал головой. Интересно, а как же в таком случае бродяга мог видеть Хораса Пикса в саду у дома мистера Хика? Странно... Фатти пристально посмотрел на Лилли: точно ли она рассказала всю правду?

— А ты уверена, что Хорас действительно не появлялся здесь в тот вечер? — спросил он.

Остальные сыщики поняли, почему Фатти задал этот вопрос. Они тоже вспомнили рассказ бродяги.

— Да! Да! — со слезами на глазах крикнула Лилли. — Конечно, уверена! — Она судорожно скомкала носовой платок и беспомощно огляделась вокруг, словно ища поддержки. — Говорю вам, его здесь не было! Не было! Мы встретились у моей сестры. Если хотите, спросите её сами. Она подтвердит.

Слушая её, Ларри окончательно убедился, что Лилли не случайно так взволнована. Похоже, она и в самом деле что-то скрывает.

— Лилли! — сказал Ларри решительным тоном, глядя ей прямо в глаза. — Кое-кто в тот вечер видел Хораса в саду возле дома мистера Хика!

Глаза девушки расширились от ужаса, вся кровь отхлынула от лица.

— Нет... — прошептала она, — Нет, не может быть! Они не могли... не могли его видеть!

— И всё-таки его здесь видели, — повторил Ларри.

Пару минут Лилли пристально смотрела на него, а потом вдруг разразилась рыданиями.

— Но кто же, кто мог его видеть? — всхлипывала она. — Миссис Миннз и её сестра не выходили из кухни. Мистера Хика и шофёра не было. Нет-нет, его никто не мог здесь видеть!

— Надо же! А ты, оказывается, точно знаешь, кто и что делал в тот вечер! Откуда же тебе всё это известно, если тебя, как ты говоришь, не было в доме?

— Ладно! — Лилли вытерла глаза и тряхнула головой. — Хорошо! Я скажу вам всю правду. Только помните, что вы дали клятву молчать! Дело было так: я поехала на велосипеде на встречу с Хорасом, и, когда мы встретились, он сказал, что забыл кое-что из своих вещей у мистера Хика, но очень не хочет снова встречаться с хозяином. Тогда я сказала ему, что мистер Хик уехал и мы можем спокойно подъехать к его дому, Хорас подождёт снаружи, а я вынесу ему забытые вещи.

Сыщики слушали затаив дыхание. Наконец-то они докопались до истины! А Лилли продолжала свой рассказ, судорожно комкая носовой платок и поминутно утирая слёзы.

— Мы попили чаю у сестры и поехали сюда. Велосипеды мы оставили у изгороди, незаметно проникли в сад и прошли вдоль изгороди к дому, спрятались в кустах и стали наблюдать за домом.

Дети переглянулись. Бродяга не ошибся! Он сказал, что мистер Пикс с кем-то перешёптывался, прячась в кустах. Теперь ясно, с кем! Это была Лилли!

— Мы увидели, что миссис Миннз с сестрой сидят на кухне. Было ясно, что они не собираются выходить. Тогда я сказала Хорасу, что схожу за его вещами. Но он решил, что сам пойдёт за ними. Я осталась в кустах и видела, как он влез в дом через окно. Через пару минут он вернулся ко мне со свёртком, мы снова сели на велосипеды и уехали. Мы были уверены, что нас никто не видел.

— А Хорас случайно не подходил к коттеджу? — поинтересовался Ларри.

Лилли покраснела от негодования.

— Конечно нет! Я была с ним и видела почти каждый его шаг — ну, кроме того, как он забирал вещи из дома. Но его не было всего лишь минуту или две. И вообще мой Хорас не способен на такое!

— Всё понятно! — сказал Ларри. — Значит, Хорас вне подозрений. Как хорошо, что ты нам всё рассказала, Лилли! Однако кто же мог тогда поджечь коттедж?

— Только мистер Вунькас! Больше некому! — выпалила Бетси.

Лилли вдруг пронзительно вскрикнула и уставилась на Бетси. Несколько минут она ловила ртом воздух, словно рыба, выброшенная на берег, а потом в ужасе закрыла лицо руками.

— В чём дело? — встревоженно спросил Ларри. — Что с тобой, Лилли?

Девушка ткнула пальцем в Бетси и прошептала:

— Откуда она знает, что мистер Вунькас вечером пробрался в сад?

Теперь удивились сыщики. Они переглянулись, а потом Ларри, тщательно подбирая слова, сказал:

— Ну... мы не знаем наверняка... только предполагаем, что он мог быть там. А почему это так поразило тебя, Лилли? Ты же говорила, что в саду были только вы с Хорасом и вас никто не видел.

— Да, нас никто не видел. Но зато Хорас видел кое-кого! Когда он влез в дом через окошко и стал подниматься по лестнице на второй этаж, чтобы забрать из комнаты свои вещи, он заметил, что кто-то вошёл в сад через калитку. И это был мистер Вунькас!

— Теперь понятно, почему ему стало плохо, когда ты, Ларри, спросил его, не проходил ли он мимо дома мистера Хика в тот вечер, — задумчиво произнесла Дейзи.

— Это он! — торжествующе выкрикнула Бетси. — Вредный старикан! Он устроил пожар!

Фатти обратился к Лилли:

— Как ты думаешь, мог мистер Вунькас сделать это?

Лилли явно была смущена и сбита с толку.

– Ну... я не знаю... – растерянно произнесла она. – Он такой милый, скромный пожилой джентльмен... и он всегда был так добр ко мне. Не могу себе представить, чтобы такой тихий, интеллигентный старичок совершил такое ужасное преступление. Не знаю, кто бы мог это сделать. Но одно я знаю точно: это не Хорас!

– Да, похоже на то, – согласился Ларри. – И теперь понятно, почему ты никому не стала рассказывать обо всём этом. Мы сдержим обещание и тоже никому ничего не расскажем. Настало время вплотную заняться мистером Вунькасом!

– Точно! – согласился Фатти. – Ну и ну! Сколько всего мы узнали сегодня! Есть о чём подумать...

Глава четырнадцатая
А-ну-ка-разойдись появляется некстати

Сыщики ещё немного поговорили с Лилли: она была рада облегчить душу и поделиться своими переживаниями. Затем девушка проводила гостей до калитки. Уходя, ребята ещё раз торжественно пообещали ей хранить тайну — и поспешили на файф-о-клок. Чай пили все вместе у Пипа на веранде — и это было очень кстати, потому что всем не терпелось поскорее обсудить рассказ Лилли. Новости были и в самом деле поразительные!

— Расследование продвигается! — Пип довольно потёр руки. — Да ещё как! Семимильными шагами! Не думаю, что Хорас Пикс причастен к поджогу. Главный подозреваемый теперь — мистер Вунькас. Ведь он испугался, когда Ларри и Дейзи спросили его насчёт того, куда он ходил вечером накануне пожара. Значит, он что-то скрывает!

— А ещё нам известно, что он носит обувь того самого размера. И это важно — даже если рисунок на подошвах взятого мной ботинка не совсем совпадает с отпечатком, — добавила Дейзи.

— Может, у него есть другая пара обуви точно с такими же подошвами, как на моём рисунке, — предположил Фатти. — Лежат где-нибудь в укромном месте — для сокрытия улик. Он ведь знает, что мог оставить следы. Вот и припрятал их.

— Очень может быть, — согласился Ларри. — Вот бы найти ещё у него порванный фланелевый костюм — тогда всё стало бы окончательно ясно!

Но Дейзи больше занимала обувь.

— Надо нам постараться ещё раз как следует поискать у Вунькаса ботинки, — снова заговорила она. — Он, скорее всего, спрятал их у себя в кабинете. Помнишь, Ларри, он рассказывал, что мисс Миггл запрещено устраивать там уборку? Он мог, например, положить их в ящик стола или засунуть на книжную полку, спрятав за книгами...

— Отличная мысль, Дейзи! — Ларри одобрительно взглянул на сестру. — Наверняка так он и сделал. Пожалуй, как только стемнеет, я проберусь к нему домой и попробую отыскать ботинки. Это будет славная охота за уликами!

— А разве можно тайком залезать в чужие дома и без спроса рыться в чужих вещах? — В голосе Пипа прозвучало сомнение, которое в душе разделял и Ларри.

Но признаться в этом Ларри не хотел и с нарочитой уверенностью заявил:

— Нам придётся на это пойти. А почему бы и нет? Мы ведь не воры, не грабители. Мы просто ищем улики и хотим докопаться до правды.

Однако сомнения Пипа, похоже, не рассеялись.

— Так-то оно так, — протянул он. — Но вряд ли кто-то из взрослых одобрит такое поведение. Взрослым почему-то не нравится, когда дети без разрешения лазят в чужие дома и занимаются там поиском улик и докапыванием до правды.

— Ну, во всяком случае, я не могу предложить вам другого плана действий, — пожал плечами

Ларри. — Может, кто-то предложит лучший способ отыскать ботинки? К тому же мне всё равно придётся тайком залезть в дом к Вунькасу, потому что нам надо вернуть тот ботинок, который Дейзи взяла на экспертизу.

Пип был вынужден согласиться и только попросил:

— Уж ты, пожалуйста, поосторожней, Ларри! Смотри не попадись.

— Ну разумеется! Тссс! Сюда идёт твоя мама, Пип! Поговорим о чём-нибудь другом.

Мама Пипа подошла к детям и заботливо осведомилась у Фатти, как он себя чувствует после падения. Фатти расцвёл от радости и гордости: ему представился случай ещё разок похвастаться своими боевыми ранами!

— Спасибо, мне уже гораздо лучше, — с деланым мужеством отвечал он. — Конечно, синяки не прошли до конца и всё ещё побаливают...

Пока Фатти охотно отвечал на расспросы мамы Пипа, сыщики один за другим вышли из-за стола и отправились в беседку. Бастер остался с хозяином: сидя у ног Фатти, он внимательно слушал разговор и легонько вилял хвостом.

— Опять! Как же надоели эти бесконечные рассказы! — топнул ногой Пип. — Надо его проучить!

Четверо сыщиков вскочили на велосипеды, и когда через десять минут Фатти пришёл в беседку, их уже и след простыл. Ему ничего не оставалось, как в полном одиночестве целый час сидеть и ждать товарищей, раздумывая, за что они так с ним поступили.

Когда сыщики вернулись в штаб, Фатти обрушил на них град упрёков:

— Как же вам не стыдно! Почему вы меня бросили тут одного? Ты всегда так обходишься со своими гостями, Пип? Приглашаешь их на чай, а потом исчезаешь на целый час, даже не попрощавшись?

— Мы подумали, что тебе нужно не меньше часа, чтобы в красках рассказать моей маме про свои ссадины и синяки. Нечего злиться, Фатти. Ты отлично знаешь: мы все терпеть не можем, когда ты начинаешь хвастаться и задаваться!

— Всё равно это нечестно! — Фатти был всерьёз обижен на своих товарищей. — Я тоже сыщик! А вы пошли искать улики и расспрашивать свидетелей без меня! Я так не играю! Где вы были целый час? Наверное, успели поговорить с Хорасом Пиксом? Или снова побывали у Лилли?

— Не расстраивайся так, Фатти! — Бетси поспешила утешить товарища. — Мы никуда не ходили и ни с кем не разговаривали. Просто немножко покатались.

Бетси было жалко Фатти, потому что она, самая младшая из сыщиков, знала на собственном опыте, как это обидно, когда тебя не принимают в игру, не дают ответственных поручений и не берут на поиски улик.

Но Фатти на сей раз рассердился не на шутку.

— Раз я вам больше не нужен, что ж — я выхожу из игры. А вы останетесь без одного сыщика и собаки. Сейчас я заберу свой рисунок, и мы с Бастером пойдём домой. Бастер, ко мне!

Фатти вынул из тайника лист с нарисованными отпечатками, и они с Бастером направились к калитке.

Однако ребята вовсе не хотели потерять пятого сыщика (с которым они уже подружились и который, кстати, и впрямь немало сделал для расследования!), и уж тем более всем было жалко остаться без Бастера.

Дейзи догнала Фатти и потянула его за рукав:

— Ладно! Хватит злиться! Ты нам нужен, и мы хотим играть все вместе! Пойдём скорей: надо решить, как быть с мистером Вунькасом. Я думаю, нам с Ларри придётся пойти к нему, когда стемнеет. Я буду стоять на страже, а Ларри вернёт неправильный ботинок и попробует поискать в кабинете. Но Ларри ни за что не хочет брать меня с собой!

Дейзи взяла Фатти за руку и потащила его к беседке. Тот уныло поплёлся вслед за ней — он всё ещё слегка сердился на товарищей.

Все уселись в штабе на скамейках и стали обсуждать, как лучше провести СЕКРЕТНУЮ НОЧНУЮ ОПЕРАЦИЮ.

— Ларри, ты должен взять меня с собой! — настаивала Дейзи. — Фатти, скажи ему, что я должна караулить, пока он будет искать ботинки!

— Нет, я не согласен, — заявил Фатти. — Я думаю, что не ты, а я должен пойти с Ларри. Ларри будет искать улику, а я буду караулить, не идёт ли кто.

— Давайте я пойду с Ларри! — вдруг сказал Пип.

— Нет! — неожиданно возразил ему Ларри. — Фатти лучше всех справится с этим делом. Твои родители могут хватиться тебя, Пип. А за Фатти не очень-то следят. Так что ему будет гораздо легче ускользнуть из гостиницы, а потом незаметно вернуться обратно. Договорились, Фатти? Идём вместе! Встречаемся в полдесятого. Проверим, не прячет ли дедушка Вунькас те самые ботинки в своём кабинете. Скорее всего, нам придётся долго дежурить у него под окнами. Мы ведь должны дождаться, пока он ляжет спать, а такие книгочеи, как он, вполне могут сидеть за своими рукописями до трёх ночи.

— Идёт! Значит, в полдесятого! — кивнул Фатти. — А где тот ботинок, который принесла Дейзи? Здесь, в беседке? Тогда я захвачу его с собой. Если ты, Ларри, заберёшь его к себе домой, твои родители могут заметить ботинок, и начнутся расспросы. А я всё сделаю незаметно.

Обида уже была забыта! Фатти захватило обсуждение деталей СЕКРЕТНОЙ НОЧНОЙ ОПЕРАЦИИ и приятно взволновало то, что ему поручили такое ответственное и опасное задание. Сыщики стали договариваться о месте встречи.

— Поскольку наш дом стоит рядом с домом мистера Вунькаса, мне нужно будет только незаметно выйти в сад и перелезть через стену — и я окажусь в саду мистера Вунькаса, — излагал свой план Ларри. — А ты, Фатти, пойдёшь по улице, зайдёшь в ворота и обойдёшь его дом, чтобы оказаться у задней двери. Там мы и встретимся.

— Идёт! — сказал Фатти. — Я трижды прокричу совой, чтобы ты смог меня найти.

— Ты можешь кричать по-совиному? — Бетси изумлённо уставилась на Фатти.

— Вот послушай!

Фатти соединил ладони рупором, поднёс их ко рту и издал глухой низкий звук: «Ух-ху-у-у-у! Ух-х-х-ху-у-у-у!»

— Какой же ты молодец, Фатти! — восхитилась малышка.

Польщённый, Фатти ухнул ещё разок-другой. У него действительно здорово получалось! Можно было и впрямь подумать, что в сад залетела сова.

— Ах, как чудесно! — Бетси захлопала в ладоши.

Фатти собрался было поведать всем, что это всё сущие пустяки, потому что он умеет ещё кричать козодоем и кукушкой, трещать, как сорока, цокать, как белка, и вообще может подражать самым разным птицам и зверям, и уже открыл было рот — но тут же закрыл его и смущённо потупился, поймав строгий взгляд Ларри.

— Решено! — подытожил тот. — Встречаемся в полдесятого у дома мистера Вунькаса возле задней двери в сад. Я спрячусь в кустах и подожду, пока ты появишься, Фатти.

Настало время ложиться спать. Родители отправили сыщиков в постель, но те были так взволнованы, что не могли уснуть. Ларри пришлось лечь под одеяло и притвориться спящим: ведь его мама обязательно приходила к нему перед сном, чтобы поцеловать, хорошенько укутать и пожелать спокойной ночи.

Фатти, который был предоставлен сам себе, даже не ложился в кровать. Полностью одетый, он сидел в кресле, читал книгу и дожидался условленного часа. В четверть десятого он погасил лампу, тихонько приоткрыл дверь своей комнаты и осторожно выглянул в коридор. Там не было ни души. Он неслышно проскользнул к пожарному выходу, спустился по лестнице в сад, разбитый вокруг гостиницы, вышел на улицу и побежал к дому мистера Вунькаса.

Через пять минут он остановился у ворот и огляделся. Кругом было темно и тихо. Фатти прошёлся пару раз взад-вперёд перед воротами, чтобы убедиться, что вокруг никого нет, — не заметив, что кое-кто следит за ним с противоположной стороны улицы.

Осмотревшись ещё раз на всякий случай, Фатти уже приготовился зайти в ворота, как вдруг на его плечо легла чья-то тяжёлая рука. Бедный мальчик от испуга даже подпрыгнул и вскрикнул: «У-у-ух-х-х!», а из-под полы его пиджака выпал злополучный ботинок.

— А ну!.. — раздался сверху хорошо знакомый Фатти голос. — А ну-ка!... — И слепящий луч фонарика ударил в лицо сыщику.

Это был А-ну-ка-разойдись! Оказывается, он всё это время стоял за деревьями на другой стороне улицы и наблюдал за странными манёврами Фатти. Полицейский был очень удивлен, что один из «малявок», которым давно уже пора было лежать в постели, почему-то не спит, а расхаживает по тёмной улице — куда только смотрят родители?

Полицейский нагнулся, подобрал упавший ботинок и изумлённо уставился на него.

— А это что такое? — сердито спросил он.

— Не знаю! Наверное, это чей-то башмак, — пролепетал Фатти.

Он попытался вырваться, но у Гуна была железная хватка.

Тогда горе-сыщик пропищал:

— Пустите! Мне больно! Вы не имеете права!..

— Что ты здесь делаешь? Что это за башмак? И почему только один? А где второй?

— Я не знаю... — пискнул Фатти. (И это была чистая правда!)

— Однако этот башмак явно не твоего размера! — Полицейский направил фонарик на ботинок и вдруг заметил, что у него резиновая подошва. Та же мысль, которая утром промелькнула в голове Дейзи, возникла и в мозгу мистера Гуна. Резиновая подошва — узор крест-накрест — товарная маркировка...

Мистер Гун повертел ботинок, стараясь как можно лучше рассмотреть подошву, а потом обратился к Фатти:

— Откуда ты взял это? Чья это обувь?

Но не тут-то было! Фатти твёрдо решил, что не выдаст тайну даже под пытками. Он упрямо насупился и пробормотал:

— Не знаю! Я нашёл его на улице!

— Он пока останется у меня, — решил А-нука-разойдись. — А ты пойдёшь со мной: тебе придётся ответить на пару вопросов.

Это вовсе не входило в планы Фатти. Полицейский, увлёкшись ботинком, немного ослабил хватку, и Фатти, улучив момент, вырвался из его цепких пальцев и со всех ног помчался по пустынной тёмной улице. Оказавшись у дома Ларри, он нырнул в калитку, стремглав пронёсся по саду, перелез через ограду и оказался по ту сторону – в саду мистера Вунькаса. Фатти пробрался к дому старого джентльмена и очутился у задней двери, выходящей в сад. Сердце его бешено колотилось от страха и быстрого бега. Он набрал в лёгкие побольше воздуха, сложил руки рупором, поднёс их ко рту – и в тишине сада раздался крик совы:

– У-у-ух-ху-у-у! У-у-у-у-ух-х-х-ху-у-у-у!

Глава пятнадцатая
Ларри и Фатти натерпелись страху

Фатти трижды крикнул совой, как было условлено, — и вдруг в кромешной темноте кто-то крепко схватил его за руку! У бедного Фатти от страха перехватило дыхание. Он думал, что ответом на его условный сигнал будет свист или крик козодоя, — и не заметил, что Ларри уже стоит рядом с ним.

— У-у-ух! — выдохнул Фатти с облегчением, узнав товарища.

А тот приложил палец к губам:

— Тссс! Где ботинок? Ты принёс его?

Фатти потупился:

— Нет... Тут такое дело... — И он быстро рассказал Ларри о своей неожиданной встрече с полицейским.

Ларри был вне себя от злости и досады.

— Ну и бестолочь же ты! — прошипел он. — Надо же было отдать ему в руки такую улику! Да-а-а... Старина А-ну-ка-разойдись должен быть очень благодарен тебе за такой подарок!

— Но этот ботинок вовсе не улика. Ведь подошва этого ботинка и отпечаток, который я нарисовал, не совпадают! Так или иначе, ботинок в руках у мистера Гуна, и тут уж ничего не поделаешь. Хорошо ещё, что мне удалось сбежать от него. Ведь он почти поймал меня и собирался допрашивать!

— Ладно, — махнул рукой Ларри. — Давай решим, что теперь делать. Отменяем ли мы СЕКРЕТНУЮ НОЧНУЮ ОПЕРАЦИЮ или будем искать ботинки? Смотри: в окнах кабинета темно. Должно быть, старина Вунькас отправился спать.

— Что ж, если так — за дело! — прошептал Фатти. — Где вход в дом?

Мальчики скоро отыскали дверь, которая — вот удача! — оказалась не заперта. Они приоткрыли её и осторожно заглянули в прихожую. Из кухни пробивалась полоска света: должно быть, там хлопотала по хозяйству мисс Миггл. Нужно было действовать очень осторожно. Дети неслышно проскользнули в прихожую. Ларри шепнул на ухо товарищу:

— Ты останешься здесь и будешь караулить. Если появится мистер Вунькас или мисс Миггл, сразу предупреди меня. А я пойду в кабинет — он дальше по коридору — и сразу открою там окошко. Если кто-то войдёт, я выпрыгну в сад.

Ларри бесшумно двинулся к двери кабинета. Зайдя в комнату, он достал фонарик. Его луч осветил груды книг и бумаг, которыми было завалено обиталище мистера Вунькаса. Рукописи громоздились на столе, на стульях, на полу, на диване. Книги стояли рядами на полках книжных шкафов, на подоконниках и на каминной доске. Сразу становилось ясно, что мистер Вунькас — настоящий учёный.

Ларри приступил к поискам ботинок. Но искать что-то в тёмной захламлённой комнате было нелёгкой задачей. Ларри решил начать с книжных шкафов: вынув несколько книг, он пошарил за ними рукой — но ботинок там не было. Тогда он стал поднимать груды бумаг и старых манускриптов на столе и на подоконниках. Ничего.

Всё это время Фатти стоял на часах в прихожей. Он быстро освоился в темноте и заскучал. И тут взгляд его упал на гардероб! Несомненно, это был тот шкаф, откуда Дейзи выудила неправильный ботинок. Наверняка глупая девчонка схватила первый попавшийся башмак, не заметив те самые ботинки. Надо тщательно обследовать шкаф — наверняка он найдёт то, что нужно. Вот тогда он докажет всем, кто тут главный сыщик! Фатти открыл шкаф и стал обыскивать полки, где стояла обувь.

Он так увлёкся поисками, что не заметил, как во входной двери повернулся ключ и кто-то вошёл в прихожую и захлопнул приоткрытую заднюю дверь — ту, что вела в сад. Он ничего не видел и не слышал — а потому не подал вовремя сигнал тревоги. Он опомнился, только когда мистер Вунькас зашёл в свой кабинет и включил свет — но было уже поздно.

Ларри, обыскав книжные шкафы и стопки рукописей на столе, приступил к обследованию комода. Он раскрыл массивные дверцы, встал на четвереньки, засунул голову в нижний отсек и принялся перебирать лежащие там кипы бумаг. И в этот момент в кабинете вспыхнул свет! От неожиданности Ларри подскочил, больно ударившись головой о стенку комода, попятился и, выбравшись наружу, увидел мистера Вунькаса.

Хозяин кабинета и непрошеный гость молча уставились друг на друга. Ларри оцепенел от стыда и ужаса, а мистер Вунькас – от гнева и удивления.

– Ах, негодник! – завопил старый джентльмен. – Скверный мальчишка! Ты залез сюда, чтобы ограбить меня?! Попался, воришка! Сейчас я вызову полицию!

И старичок вдруг с неожиданной силой схватил Ларри за шиворот.

Ларри, едва дыша от страха, пролепетал:

– Нет, сэр... я не... о сэр! Пожалуйста, сэр!..

Но мистер Вунькас не слушал его. Увидев, что мальчишка роется в его книгах и бумагах, он впал в неистовую ярость. Ведь эти книги и бумаги были его главным сокровищем! Бормоча проклятия, он вытолкал Ларри в прихожую.

Фатти всё ещё сидел в шкафу: он трясся от страха и сгорал от стыда, понимая, как он подвёл товарища.

– Ах, скверный, негодный мальчишка! Сейчас я запру тебя в комнате, а через пять минут здесь будет полиция! – шипел разъярённый мистер Вунькас.

Вцепившись в Ларри мёртвой хваткой, старичок потащил его вверх по лестнице на второй этаж, невзирая на протесты незадачливого сыщика.

Фатти дрожал как осиновый лист. Ужасно, что Ларри застукали в кабинете, но будет ещё ужаснее, если он попадёт в руки старины А-нука-разойдись! Фатти слышал, как наверху мистер Вунькас втолкнул Ларри в комнату и захлопнул дверь. На шум из кухни выбежала мисс Миггл — и столкнулась у лестницы с мистером Вунькасом.

— В дом пробрались воры! — визжал старый джентльмен. — Представьте себе: я захожу в свой кабинет, зажигаю свет — и вижу, как грабители роются в моих бумагах и книгах!

Мисс Миггл побледнела от страха: она представила себе, что двое или трое вооружённых до зубов головорезов вломились к ним в дом — и хозяин вступил с ними в неравный бой!

— Где же грабители? — слабым голосом спросила она.

— В комнате наверху! Я запер дверь! — ответил мистер Вунькас.

Мисс Миггл изумлённо воззрилась на старого джентльмена: неужели он смог обезоружить целую банду злоумышленников? Невероятно!

Заметив, что старичок вне себя от волнения и тревоги, она постаралась успокоить его:

– Дорогой сэр, пожалуйста, не волнуйтесь! Худшее уже позади. Вы посадили бандитов под замок – и нам осталось только вызвать полицию. Присядьте, я сейчас принесу вам успокоительное.

Она погладила его по плечу и, взяв под руку, повела к креслу, стоящему в коридоре. Старичок бессильно опустился на мягкое сиденье. Его сердце бешено колотилось, дыхание перехватило.

– Ничего... ничего... – бормотал он. – Всё в порядке... Грабитель задержан! Всё будет хорошо... всё хорошо...

Мисс Миггл помчалась на кухню. Фатти, сидя в шкафу, прислушался: в коридоре было тихо. Наверное, старик пошёл обратно в кабинет. Пожалуй, можно вылезти из укрытия и попытаться помочь бедному Ларри.

Фатти приоткрыл дверцу, выскользнул из шкафа и на цыпочках направился к лестнице. Он и не подозревал, что хозяин дома сидит в прихожей. А тот, увидев, как ещё один мальчик вылез из шкафа, чуть не лишился чувств. Может быть, он, мистер Вунькас, заболел – и ему всюду мерещатся мальчишки? Что происходит? Старик поднялся, протянул руку и ухватил Фатти за шиворот.

– Ай! – отчаянно вскрикнул Фатти и рванулся вверх по лестнице.

Но старый джентльмен держал его крепко, и Фатти споткнулся и покатился вниз по ступенькам обратно в прихожую. Мистер Вунькас, едва не вырвав с мясом его воротник, обрушился сверху на мальчика.

– Ой-ой-ой! – завопил Фатти не своим голосом. – Мне больно! Отпустите меня! Вы мне все кости переломаете!

В этот момент раздался звон стекла: это мисс Миггл вышла из кухни в коридор и, увидев, что там творится, уронила на пол стакан с успокоительным. Как только первый испуг прошёл, она быстро разобралась, в чём дело: перед ней был не взрослый грабитель, а всего лишь мальчишка.

Экономка погрозила ему пальцем и строго спросила:

– Что здесь происходит? Как ты попал в этот дом? Как тебя зовут? Где ты живёшь и кто твои родители?

Фатти, увидев, что он попался, решил разжалобить мисс Миггл: он захныкал и стал кулачками размазывать слёзы по щекам. В это время наверху Ларри изо всех сил колотил в дверь, тщетно пытаясь вырваться на волю.

— Он... он запер моего товарища там, наверху! — заныл Фатти. — Я хотел выпустить своего друга, но он схватил меня за воротник и стащил с лестницы. Я упал и ударился! И теперь я весь в синяках! Что скажет моя мама, когда увидит, что со мной стало? Ай! Ой! Я скажу ей всю правду — что меня сбросили с лестницы, что я чуть не разбился. И пусть моя мама заявит в полицию, что меня чуть не убили!

— Ах ты, маленький лгунишка! — нахмурилась мисс Миггл. — Никогда не поверю, чтобы мистер Вунькас, этот божий одуванчик, мог ударить кого-нибудь или сбросить с лестницы. Скверный мальчишка! Как тебе не стыдно!

— Я не лгунишка! Я говорю правду! Чистую правду! — завывал Фатти.

Мисс Миггл помогла ему подняться на ноги, отряхнула — и вдруг на руках, на ногах и на шее мальчика она увидела огромные синяки!

Женщина всплеснула руками:

— Вы только взгляните на это, дорогой сэр! Мальчик-то сказал правду! Как же так? Неужели у вас поднялась рука на ребёнка? Что же мы скажем его родителям?

Мистер Вунькас совершенно растерялся. Он ведь и пальцем не тронул этого мальчишку! Ну разве что схватил за шиворот... Но от этого ведь не бывает ни синяков, ни кровоподтёков!

Старый джентльмен виновато развёл руками:

— Право, не знаю, как это вышло, мисс Миггл... Надо бы приложить что-то холодное.

— Я всё сделаю, сэр! А вы пока звоните в участок, — ответила экономка.

Она по-прежнему была уверена, что наверху под замком сидят опасные грабители.

Но мистер Вунькас уже решил, что, пожалуй, не стоит впутывать в это дело полицейских. Смущённо кашлянув, он пробормотал:

— Знаете... э-э-э... мисс Миггл... пожалуй, прежде чем вызывать полицию, нам лучше поговорить с этими мальчиками и узнать, как они оказались у нас в доме и что они здесь делали. Как вам кажется?

— Пожалуйста, выпустите моего друга! — снова захныкал Фатти. — Мы вовсе не собирались вас грабить. Мы просто играли! Чур, вы ничего не скажете полиции, а я за это ничего не скажу родителям про синяки! Идёт?

Мистер Вунькас нерешительно взглянул на экономку, которая удивлённо качала головой:

– Ну и ну! Оказывается, эти страшные грабители – всего лишь маленькие мальчики? Дорогой сэр, отчего же вы сразу не позвали меня? Я бы тут же уладила это недоразумение без шума и крика. Я не стала бы никого спускать с лестницы – и не было бы никаких синяков.

– Я вовсе и не спускал никого с лестницы, – проворчал мистер Вунькас и поплёлся наверх, чтобы выпустить мальчика из заточения.

Через минуту Ларри уже был в прихожей. Мисс Миггл достала из холодильника примочки и принялась хлопотать вокруг Фатти.

– Силы небесные! Весь в синяках! Никогда такого не видела! – удивлённо повторяла она, разглядывая спину и плечи пострадавшего.

– А теперь признавайтесь, что вы делали у меня в доме? – начал допрос мистер Вунькас. – Что вам здесь понадобилось?

Но горе-сыщики словно воды в рот набрали. В самом деле, что им было отвечать?

Экономка покачала головой:

– Вам придётся сказать правду! Что это за шалости? Что вы задумали? Признавайтесь!

Мистер Вунькас потерял терпение:

– Вот что, господа: если вы отказываетесь объяснить мне, в чём дело, я сейчас же вызываю полицию! Я сдам вас в участок – и пусть с вами разбирается мистер Гун!

– Интересно, что скажут полицейские, увидев, что я весь в синяках? – жалобно пропищал Фатти.

Но старый джентльмен погрозил ему пальцем:

– Нет, маленький лгунишка, ты меня не проведёшь! Я как следует рассмотрел твои синяки – они уже вовсе не синие, а жёлтые. Знаешь, когда синяк начинает желтеть? Когда он заживает, на второй или третий день после ушиба. Тебе удалось обмануть мисс Миггл, но со мной этот номер не пройдёт! Итак, как вас зовут? Где вы живёте? Я сообщу о вашем поведении родителям и напишу заявление в полицию!

Неужели родители узнают об их ночных похождениях? Нет! Всё что угодно, только не это! И Ларри решил выбросить белый флаг:

– Мы… мы… мы просто-напросто хотели вернуть вам тот ботинок, который мы утром взяли у вас из шкафа!

Мисс Мигггл и мистер Вунькас не поверили своим ушам. Что такое говорит этот мальчишка? Уж не сошёл ли он с ума?

– Ботинок? – повторил мистер Вунькас. – Какой ещё ботинок? Вы взяли у меня ботинок? Только один? А зачем он вам понадобился?

— Мы подумали, что это может быть тот самый ботинок... который совпадает со следами... — пролепетал Ларри.

Старый джентльмен и экономка недоумённо переглянулись. Мистер Вунькас нетерпеливо топнул ногой:

— Ничего не понимаю! Что за чепуха! Объясните всё толком — или я звоню в полицию!

Фатти толкнул товарища локтем в бок и прошептал:

— Ничего не поделаешь. Придётся всё ему рассказать. Теперь из-за нас он будет настороже...

— Настороже? Что за вздор? — мистер Вунькас рассердился не на шутку. — Вы что, с ума сошли, что ли?

— Нет, сэр, — мрачно ответил Ларри. — Мы вовсе не сошли с ума. Всё дело в том, что нам кое-что известно про вас, мистер Вунькас! Мы знаем, что вечером накануне пожара вы были возле дома мистера Хика!

Эти слова как громом сразили Вунькаса. Очки упали с его носа, селенькая борода затряслась, руки задрожали. Мисс Миггл от удивления только развела руками и так и застыла на месте, не в силах сказать ни слова.

— Ведь вы были там, да? Признайтесь! — продолжал Ларри. — Вас там кое-кто видел!

— Кто? Кто вам сказал, что я был там? — заикаясь, пробормотал мистер Вунькас.

— Вас видел там Хорас Пикс! Он вернулся за своими вещами, которые позабыл забрать днём, и заметил, как вы вошли в сад мистера Хика. Как вы объясните это полиции?

— Боже мой, Мистер Вунькас! Не может быть! Что вы делали там? Неужели... — Потрясённая мисс Миггл не смогла закончить фразу.

Её пронзила страшная мысль: а вдруг этот почтенный старый джентльмен и есть тот самый злоумышленник, который поджёг коттедж?

Мистер Вунькас наклонился, поднял очки, протёр их платком, водрузил обратно на нос, взглянул на экономку и огорчённо покачал головой:

— Мисс Миггл! Я вижу, что вы подозреваете меня! Ай-ай-ай! Вы служите у меня столько лет — и, несмотря на это, сочли меня человеком, который способен на такое преступление? Как вам не стыдно!

— Тогда скажите же скорей, что вы там делали? — Мисс Миггл смутилась, но была твёрдо намерена узнать правду. — Зачем вы отправились туда? И почему вы не сказали мне об этом ни слова? Вы упрекаете меня в излишней подозрительности, сэр, а сами, как я вижу, мне не доверяете!

— Я вовсе не обязан никому давать отчёт о каждом своем шаге! — раздражённо произнёс мистер Вунькас. — Да, я заходил в тот вечер к мистеру Хику. Я заходил к нему, чтобы взять свои бумаги, которые я забыл у него днём, после нашей ссоры. Вот они, эти бумаги, — они здесь, на моём столе. Этим утром я показывал их тебе, мальчик. Я забрал их из дома мистера Хика, а к его коттеджу я даже не подходил!

Глава шестнадцатая
Потрясения и неожиданности

Экономка и оба мальчика в полном изумлении смотрели на мистера Вунькаса. Было ясно, что он говорит чистую правду.

– Ничего себе! – наконец вымолвил Ларри. – Так вот зачем вы пошли туда! Значит, это не вы прятались в канаве возле изгороди?

– Что за глупости! – вспыхнул от негодования мистер Вунькас. – Какая ещё канава? Я вовсе не прятался – с какой стати? – а совершенно открыто прошёл с улицы прямо в ворота... Правда, я немного постоял у входа, чтобы убедиться, что рядом никого нет, — надеюсь, вы не считаете, что это значит «прятаться»? Потом я зашёл в дом через дверь, которая ведёт в сад, забрал свои бумаги — и всё!

Ларри и Фатти переглянулись. Удивительное дело! Если мистер Вунькас сказал правду, значит, подозреваемых больше не осталось. Но всё-таки кто-то ведь поджёг коттедж?

— Не будете ли вы так любезны объяснить мне, с какой целью вы взяли мой ботинок? — осведомился старый джентльмен.

Ларри и Фатти, перебивая друг друга, торопливо рассказали ему всю историю от начала до конца — и про отпечатки у изгороди, и про резиновые подошвы, и про то, как злополучный ботинок сначала был взят на экспертизу, а потом попал в руки к А-ну-ка-разойдись. Выслушав мальчиков, мистер Вунькас неодобрительно покачал головой.

— Так вот почему этот назойливый полицейский всё время маячит возле моего дома! Наверное, он тоже записал меня в подозреваемые. А теперь из-за вас он получил мой ботинок. Нет, дорогие мои, вам это даром не пройдёт! Я вас как следует накажу!

— О нет, сэр, пожалуйста! — Ларри умоляюще сложил руки. — Мы ничего плохого не сделали! Наоборот: мы изо всех сил старались найти злодея, который поджёг коттедж. Вот послушайте... – И Ларри стал рассказывать про расследование, которое провёл клуб юных сыщиков.

Мисс Миггл и мистер Вунькас внимательно слушали увлекательное повествование – и их волновали противоречивые чувства. С одной стороны, им было обидно, что ребята так плохо думали о старом учёном и считали его способным на преступление, но, с другой стороны, они не могли не восхищаться храбростью и смекалкой детей, которые отыскали столько улик и так искусно вели следствие.

– Всё ясно, – сказал старый джентльмен, когда Ларри закончил рассказ. – Уверяю вас, что я не имею к поджогу ни малейшего отношения и не знаю, кто бы мог пойти на это. Не думаю, что это сделал Хорас Пикс. Не знаю, как насчёт бродяги... Впрочем, как бы то ни было, советую вам предоставить это дело полиции и больше не вмешиваться. Вы ещё маленькие, и вам всё равно не под силу найти и задержать преступника, кем бы он ни был. А сейчас по домам! Детям давно пора спать!

Мальчики потупились. У них был виноватый вид.

— Пожалуйста, сэр, простите нас за этот злосчастный ботинок! — попросил Фатти. — Нам ужасно жаль, что всё так вышло...

— И мне очень жаль, — сухо ответил мистер Вунькас. Видно было, что он всё ещё сердится. — На этом ботинке внутри чернилами написана моя фамилия. Не сомневаюсь, что завтра утром этот назойливый мистер Гун явится ко мне и конца не будет расспросам. Доброй ночи, дети. И пожалуйста, больше не считайте меня поджигателем, грабителем, мошенником, убийцей или кем-то ещё в этом роде. Я всего лишь учёный, старый человек, и меня интересует только одно — старые рукописи и книги.

Мальчики попрощались с хозяином дома и экономкой и вышли на тёмную улицу. После разговора с мистером Вунькасом они уверились в том, что он ни в чём не виноват. Но кто же тогда поджёг коттедж?

— Уф! Я ужасно устал! — вздохнул Ларри. — Пошли спать, а завтра все встречаемся в штабе. Твои синяки нам пригодились, Фатти! Если бы не они, нам вряд ли бы удалось так легко отделаться.

— Да, синяки пришлись кстати! — рассмеялся Фатти. — Вот это было приключение, правда, Ларри?

Наутро остальные сыщики с замиранием сердца слушали о том, как прошла СЕКРЕТНАЯ НОЧНАЯ ОПЕРАЦИЯ. Когда рассказ закончился, все некоторое время сидели молча с озадаченным видом. Похоже, расследование зашло в тупик.

— Странное дело... — задумчиво протянул Пип. — Мы узнаём, что в саду пряталась куча народу — но у каждого была веская причина пойти туда, даже у бродяги, который хотел поживиться яйцами. И вот получается, что нет никаких способов определить, кто устроил пожар. Старый бродяга? Хорас, который забрался в дом на две-три минуты? Мистер Вунькас, которого видел Хорас? Старик мог забрать свои бумаги, а на обратном пути запалить коттедж...

— Наверное, мог — теоретически... — покачал головой Ларри. — Но я почти уверен, что это не он. Давайте пойдём в сад к Чао-Какао, ещё раз осмотрим местность. Может быть, мы что-нибудь упустили? Какие-нибудь важные улики?

Пятеро сыщиков двинулись к дому мистера Хика. Зайдя в ворота, они сразу увидели Лилли, которая развешивала в саду бельё. Фатти тихонько свистнул, и девушка, убедившись, что миссис Миннз её не видит, подбежала к ребятам.

— Лилли, привет! Покажи, пожалуйста, где именно вы с Хорасом прятались в тот вечер? — попросил Ларри. — Наверное, там, возле изгороди, где проходит канава?

— Совсем нет! — Лилли показала на кусты сирени, которые росли прямо возле ворот. — Мы сидели вот тут, а к канаве мы не подходили.

— Странно... — задумался Фатти. — Вот и мистер Вунькас говорит, что вошёл через эти ворота, немного помедлил, чтобы убедиться, что никто его не видит, и пошёл прямо к дому. Кто же всё-таки тогда прятался возле канавы? Давайте пойдём туда и ещё раз всё осмотрим.

Сыщики направились к канаве. Трава возле неё всё ещё была примята. Дети пролезли через дырку в изгороди и решили ещё раз рассмотреть след на краю поля. Отпечаток всё ещё был виден, хотя и не так отчётливо.

— Взгляните! — вдруг воскликнула Дейзи. — Все эти следы — и этот, и вон те, возле ступенек, — ведут в одну сторону, к дому. Нет ни одного следа, который бы вёл от дома. Кто бы ни был этот человек, ясно, что он прошёл через поле, пролез через дыру в изгороди и очутился возле канавы — но нет следов, которые бы указывали, что он ушёл тем же путём.

— Наверное, когда он уходил, то просто-напросто вышел через ворота, вот и всё! — развёл руками Фатти. — Что тут такого? А вообще, знаете, после СЕКРЕТНОЙ НОЧНОЙ ОПЕРАЦИИ я так устал, что очень плохо соображаю. К тому же наше расследование зашло в тупик. Мне кажется, сыщикам надо взять выходной и отдохнуть. Можем, например, отправиться на пикник.

Эта мысль всем очень понравилась. Ребята решили взять велосипеды, прокатиться к буковой роще и устроить там пикник. Они собирались отправиться все впятером, но мама Пипа и Бетси не разрешила дочке ехать со старшими.

— Мне не нравится, как выглядит Бетси, — озабоченно сказала она. — Что-то она бледненькая, и глаза у неё красные. Уж не заболевает ли она? Пусть лучше останется здесь и погуляет с Бастером.

Бетси ужасно огорчилась: она, конечно, очень подружилась с Бастером, но разве прогулка с пёсиком, даже таким славным, может заменить пикник? У Фатти чуть сердце не разорвалось, когда они сели на велосипеды и весело покатили по улице, а малышка, роняя слёзы, осталась одна возле калитки.

— Не плачь, Бетси! — крикнул он ей на прощание. — Мы скоро вернёмся! Поиграй пока с Бастером, а я за это привезу тебе большой букет полевых цветов!

Бастеру тоже хотелось бы пойти с ребятами, но он понимал, что за велосипедами ему не угнаться. Что ж, придётся остаться с Бетси, присматривать за ней и выгуливать её (пёс был уверен, что хозяин поручает ему это ответственное задание — а вовсе не наоборот).

Из-за ночного дождя все дорожки и тропинки изрядно развезло. Бетси надела резиновые ботики, взяла поводок и отправилась с Бастером на луга, которые тянулись вдоль реки. Уже через пять минут Бастер весь промок и по уши вымазался в грязи.

— Жаль, что ты не носишь ни резиновых сапог, ни калош, Бастер, — вздохнула Бетси. — Какой же ты грязнуля!

Девочка и пёс прошли по узенькой тропке вдоль берега реки, а потом свернули на дорожку, которая вела к холму и обрывалась возле изгороди, окружавшей сад мистера Хика, — там, где сыщики несколько дней назад обнаружили те самые следы.

Бетси подобрала палочку и стала бросать её Бастеру — пёс охотно бежал за ней, приносил обратно и клал у ног девочки, виляя хвостиком и заглядывая Бетси в глаза, словно говоря: «Брось ещё!» И вдруг, когда Бетси в очередной раз наклонилась за палочкой, она увидела на дорожке длинную цепочку тех самых следов: резиновые подошвы, узор крест-накрест и товарный знак! Бетси хорошо запомнила рисунок Фатти — ошибки быть не могло.

— Ты только взгляни, Бастер! — ахнула Бетси.

Бастер понюхал следы, вильнул хвостом и выжидательно взглянул на девочку.

— Ведь это те самые следы, понимаешь, дружок? Ночью был дождь, а сегодня кто-то прошёл по влажной земле и оставил чёткие следы! И этот человек — тот, кого мы выслеживаем, представляешь себе, Бастер? Интересно, кто же это? И как нам его найти? Как ты думаешь, Бастер?

Бастер уселся возле следов и, склонив голову набок, внимательно посмотрел на девочку блестящими глазами. Казалось, что он понял каждое её слово.

Бетси на некоторое время задумалась, а потом хлопнула в ладоши:

— Мы пойдём с тобой по следам и попробуем узнать, куда они ведут. Отпечатки, кажется, совсем свежие, значит, этот человек прошёл здесь совсем недавно. Может быть, нам с тобой повезёт и мы найдём его. Как же это интересно – играть в сыщиков! Скорей, Бастер!

И друзья отправились по следу. Бетси внимательно смотрела, куда ведут отпечатки, а Бастер, уткнув нос в землю, шёл по запаху. Они дошли до пересечения следов с проезжей дорогой, пересекли её и пошли дальше. Следы вели к большому лугу. На лугу идти по следу стало труднее, и вот тут-то особенно пригодился собачий нюх.

– Умничка, Бастер! – приговаривала Бетси. – Какой у тебя замечательный нос! Это просто чудо природы! Смотри-ка, следы ведут на холм.

Судя по всему, обладатель резиновых подошв взобрался на холм, потом спустился вниз и пошёл по полю.

– Теперь вся надежда на твой чудесный нос, Бастер, – сказала Бетси. – Ведь я не могу разглядеть следы на траве.

Бастер быстро пересёк поле: запах был отчётливый, и ему не составило труда определить, где прошёл человек с резиновыми подошвами. На краю поля, там, где кончалась трава, Бетси снова увидела свежие отпечатки.

– Молодец, Бастер! – воскликнула она. – Ты не сбился со следа! Мы идём правильно!

Следы резиновых подошв шли вдоль края поля и заворачивали в деревню, прямо на улицу, где был дом Бетси и Пипа. Однако туда следы не дошли: они свернули в ворота дома мистера Хика, прямо к нему во двор!

Бетси не знала, что и подумать: получалось, что поджигатель коттеджа зачем-то снова пришёл на место преступления. Интересно, заходил ли он в дом? И если да, то через переднюю или через заднюю дверь? Бетси и Бастер прошли в ворота и увидели, что следы ведут прямо к передней двери. Дойдя до входа, Бетси наклонилась, чтобы получше разглядеть отпечатки, — и вдруг прямо у неё над головой раздался сердитый окрик:

— Эй! Что тебе здесь надо?

Бетси подняла голову — и увидела мистера Хика. Она и не заметила, как он открыл дверь и вышел на крыльцо. Хозяин дома был явно удивлён, увидев у входа непрошеную гостью.

— Ах, мистер Хик! Представляете себе, меня привели сюда вот эти следы! Если бы вы знали, как это важно — узнать, чьи это следы! А скажите, к вам сегодня с гости никто не заходил? — Бетси выпалила всё это на одном дыхании. Она была ужасно взволнована и так сильно хотела поделиться с кем-нибудь своим открытием, что ей даже в голову не пришло, что она выдаёт большой секрет, о котором должен молчать всякий настоящий сыщик.

Мистер Хик нахмурился и недовольно пожал плечами:

— Ничего не понимаю! Какие следы? Почему важно знать, кто их оставил? В чём дело?

— Ах, мистер Хик! Если бы я знала, чьи это следы, я сказала бы вам, кто поджёг коттедж! — с важным видом отвечала Бетси.

Мистер Хик явно озадачился. Поразмыслив немного, он, в упор глядя на Бетси, решительно произнёс:

— Нет, это неслыханно! С каких это пор маленькие дети стали следопытами? А ну-ка заходи! Сейчас ты мне всё расскажешь по порядку. Но только без собаки. Пса оставь во дворе.

— Нет, пожалуйста, позвольте ему тоже зайти! — попросила Бетси. — Это очень славный пёсик! Но, если мы бросим его здесь одного, он будет всё время скулить, лаять и царапаться в дверь.

Через минуту Бетси и Бастер уже сидели в кабинете мистера Хика, заваленном бумагами и книгами — точь-в-точь как у мистера Вунькаса.

— Итак, милая девочка. — Мистер Хик пытался говорить ласковым голосом, что давалось ему нелегко. — Расскажи мне скорей про эти следы и вообще про всё, что тебе известно об этом деле. Ты ведь понимаешь, как это важно для меня?

И Бетси поведала мистеру Чао-Какао всё от начала до конца: и о расследовании, которое проводили сыщики, и об уликах, и о подозреваемых. Она была страшно горда, что такой серьёзный и взрослый человек внимательно слушает рассказ и вовсе не считает её несмышлёной маленькой глупышкой! Мистер Хик действительно выслушал девочку с величайшим вниманием — вот только Бастер ему досаждал: пёс всё время вертелся около него и обнюхивал его ботинки. Наконец Бетси усадила Бастера к себе на коленки. Закончив рассказ, она опять задала вопрос, который больше всего её волновал:

— А теперь, сэр, скажите мне, приходил ли к вам кто-нибудь сегодня?

Мистер Хик некоторое время молчал, о чём-то размышляя. Потом медленно, с расстановкой, произнёс:

— Ну что же... Могу только сказать, что сегодня здесь побывали оба ваших подозреваемых. Мистер Вунькас приходил за книгой, а Хорас Пикс — за рекомендательным письмом.

— О! Значит, это следы кого-то из них! — воскликнула Бетси. — На ком-то из них были надеты ботинки с резиновыми подошвами. Ну конечно же это кто-то из них! Мистер Хик, только, пожалуйста, не рассказывайте никому то, что вы узнали от меня, ладно? Ведь это большой секрет!

— Разумеется, я никому не скажу ни слова! Однако же, судя по всему, в тот вечер у меня тут кого только не было. Стоило мне уехать по делам — и сразу все кому не лень заявились ко мне в сад. Вот я доберусь до того негодяя, который устроил пожар! Тогда ему не поздоровится! Из-за него я лишился бесценных рукописей!

— Мне пора идти. — Бетси поднялась со стула, и Бастер, спрыгнув с её колен, тут же устремился к мистеру Хику и снова начал обнюхивать его обувь, что явно не нравилось хозяину дома.

— Да-да, ступай и забери свою собаку! — недовольным голосом сказал мистер Хик. — И вот тебе мой совет: не лезьте в это дело! Это вам не игрушки! Искать преступников должна полиция, а не маленькие дети!

— Нет, клуб юных сыщиков будет продолжать расследование! — решительно ответила Бетси.

Выйдя во двор, Бетси снова увидела следы. Они вели за ворота, и там расходились: одна цепочка следов шла вверх по улице, другая – вниз. Как же узнать, чьи они? Мистера Вунькаса или Хораса Пикса? Ей так сильно хотелось узнать это! Но ещё сильнее ей хотелось рассказать о своей находке остальным сыщикам. Когда же ребята наконец вернутся с пикника? То-то они удивятся, когда узнают про новую улику! Интересно, как они отнесутся к тому, что мистер Хик теперь всё знает? Может, она зря доверилась ему... но в конце концов, что тут плохого? Ведь мистер Хик больше всех заинтересован в том, чтобы найти поджигателя. К тому же он дал обещание никому ничего не рассказывать...

Друзья вернулись после чая – уставшие и довольные. Фатти, как и обещал, принёс Бетси огромный букет цветов. Букет был очень красивый, но Бетси едва взглянула на него. Она просто разрывалась от нетерпения: надо было как можно скорее поведать остальным сыщикам о том, что произошло, пока они были на пикнике. Дети уселись в беседке, и Бетси начала свой рассказ. Однако как раз посередине захватывающего повествования калитка открылась, и в сад вошла мама Пипа и Бетси – а следом за ней мистер Гун!

— Ух ты! Старина А-ну-ка-разойдись! — прошептал Ларри. — Интересно, что ему здесь нужно?

Ответ на свой вопрос Ларри получил очень быстро. Взрослые подошли к беседке, и мама Пипа сказала строгим голосом:

— Дети, послушайте меня! Только что мистер Гун рассказал мне о ваших «подвигах». Я просто ушам своим не поверила! Какое безобразие!

— А что случилось, мам? — будто ничего не понимая, поинтересовался Пип.

— Вот что, Пип: не притворяйся ангелочком! Я всё знаю. Как это вам пришло в голову вмешиваться в полицейское расследование?! — Тут мама повернулась к Ларри и Фатти: — Мистер Гун сказал, что вы, мальчики, залезли ночью в чужой дом! Что скажут ваши родители, когда узнают об этом? Да ещё и Бетси втянули в это дело! Как не стыдно! Восьмилетняя девочка выслеживает преступника и воображает себя детективом!

— Откуда мистер Гун мог узнать, что я нашла следы? — воскликнула Бетси. — Об этом знали только я и мистер Хик!

— Мистер Хик позвонил мне и пригласил к себе, — важно сказал полицейский. — Он и рассказал мне обо всём. Я несколько раз предупреждал вас, что ваши игры до добра не доведут, но вы всё время путались у меня под ногами и мешали мне заниматься делом!

Услышав это, Бетси разразилась слезами.

— Мистер Хик дал мне честное слово, что будет молчать и сохранит тайну! — всхлипывала она. — Обманщик! Бессовестный обманщик и лгун!

— Бетси! Веди себя прилично! — одёрнула её мама.

— Ну теперь всё ясно! — язвительно произнёс Пип. — Говорил же я, что не надо было принимать её в игру! Она ведь не умеет держать язык за зубами. Какой из неё сыщик? Взяла и зачем-то выложила всё Чао-Какао, а тот сразу позвонил старине А-ну-ка-разойдись, и мы остались в дураках!

— Что ты там такое бормочешь, Пип? — удивилась мама. — Я ничего не понимаю! При чём тут какао? И что за «старина разойдись»?

— Мистер Гун! — дерзко выпалил Пип. — Это его прозвище, потому что он всё время твердит «А ну-ка разойдись!» — и никто ни разу от него не слышал ничего другого.

Мистер Гун побагровел, его голубые глаза выпучились от злости.

— Ну и дети пошли! Что за воспитание! Лезут, куда не положено, мешаются под ногами у старших! Не дают работать! — загремел он. — Вот что: послушайте меня и зарубите себе хорошенько на носу. Я больше терпеть не намерен! Если ещё раз вы попробуете сунуть свои сопливые носы в моё дело, у вас будут ОЧЕНЬ СЕРЬЁЗНЫЕ НЕПРИЯТНОСТИ! Вы поняли меня? Кстати, Лоренс, Фредерик и Маргарет, ваши родители тоже обо всём узнают!

Ребятам не оставалось ничего другого, кроме как стоять и целых десять минут слушать, как разъярённый мистер Гун распекает их на все лады. Ларри понурил голову, Фатти был весь красный как рак, от злости и стыда, Пип делал вид, что ему всё равно, Дейзи дрожала от страха, а Бетси беспрерывно всхлипывала: она всё ещё никак не могла успокоиться, узнав о страшном предательстве мистера Хика.

Пип всё-таки попытался возразить:

— Но ведь мы... Мы ничего плохого не сделали! Мы просто хотели помочь...

— Выбросите из головы эти вредные глупости! — заявил мистер Гун. — Дети не могут ничем помочь полиции! Зато, как я уже сказал, они могут нажить себе неприятности. ОЧЕНЬ СЕРЬЁЗНЫЕ НЕПРИЯТНОСТИ!

С этими словами мистер Гун торжественно удалился. Вместе с ним, укоризненно покачав на прощание головой, ушла и мама Бетси. Когда за ними закрылась калитка и синий мундир полицейского исчез из вида, дети, понурив головы, сели на скамейку. Настроение у всех было хуже некуда.

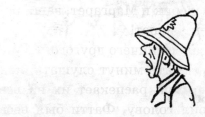

Глава семнадцатая
Странные открытия

Когда взрослые ушли, сыщики обрушили весь свой гнев на бедняжку Бетси.

— Бестолковая малявка! — прошипел Пип. — Надо же было додуматься пойти и выболтать все наши секреты! И кому? Самому Хику!

— Честное слово, Бетси! Ты всё испортила! — подтвердила Дейзи.

Ларри покачал головой и мрачно произнёс:

— Всё пропало! Но мы сами виноваты: разве можно было принимать в такую игру ребёнка?

Бетси плакала навзрыд, размазывая слёзы по щекам. Фатти тоже было очень обидно, что все усилия сыщиков пошли насмарку. Но вместе с тем ему было очень жаль бедную девочку. Он погладил её по голове и постарался утешить:

— Не надо плакать, Бетси! Всем нам случается делать глупости. Вы с Бастером молодцы, что обнаружили эти следы! Всё-таки интересно, кто из этих двоих носит ботинки на резиновой подошве — мистер Вунькас или мистер Пикс?

Но тут возле беседки снова появилась мама Пипа. Она проводила полицейского и вернулась, чтобы закончить неприятный разговор с детьми. Строго оглядев всю компанию, она сказала:

— Вот что, мои дорогие: сейчас вы пойдёте и извинитесь перед мистером Хиком за то, что посмели без спроса лазить в его сад и совать нос не в своё дело.

— Почему это мы должны перед ним извиняться? — вскипел Пип. — Мы ничего плохого ему не сделали! Наоборот, мы хотели помочь...

— Пип, это я уже слышала! Ты разве не понял, что тебе говорят? — прервала его мама. — Вы не имели права заходить во владения мистера Хика, в его сад и в его дом. Вы нарушили не только правила поведения, но и закон! Идите, просите у него прощение, и больше никаких споров и пререканий!

Дети вышли на улицу и в унылом молчании побрели к дому мистера Хика. Ребята считали всё это большой несправедливостью: им предстояло явиться с повинной к Чао-Какао, хотя они считали, что извиняться им совершенно не за что. Наоборот, это он был виноват перед ними: потому что вероломно нарушил обещание хранить тайну!

— Этот мистер Хик просто подлец! — наконец не выдержал Ларри.

— Вот именно! — подхватил Фатти. — А мы-то ещё пытались ему помочь! Меня больше не интересует, кто сжёг коттедж и его драгоценные бумаги. Поделом ему! Он это заслужил!

— Что ты, Фатти! Как можно так говорить! — возразила Дейзи, хотя в глубине души была с ним согласна.

Дети подошли к дому мистера Хика и позвонили в дверь. Бетси показала сыщикам следы — и все с интересом рассмотрели их. Отпечатки были точно такие же, как те, что они нашли в самый первый день. Какая досада, что им придётся прекратить игру как раз в тот момент, когда до разгадки остался буквально один шаг!

Наконец дверь открылась, и на пороге появилась миссис Миннз. Она удивлённо посмотрела на нежданных посетителей. Ириска высунула было мордочку из-под подола хозяйки, но, увидев Бастера, который пришёл вместе с ребятами, тут же убежала.

— Добрый вечер, миссис Миннз! Не могли бы вы передать Чао-Ка... ой, то есть мистеру Хику, что мы хотели бы поговорить с ним? — выдавил из себя Ларри и тяжело вздохнул.

В этот момент сверху раздался голос хозяина дома:

— Кто там опять пришёл? Не дом, а какой-то проходной двор! Ни минуты покоя!

— К вам пришли пятеро детей с собакой, сэр, — ответила миссис Миннз. — Они просят разрешения поговорить с вами.

После небольшой паузы сверху прозвучало:

— Пусть войдут!

Миссис Миннз торжественно проводила юных посетителей в кабинет.

Мистер Хик восседал в большом старинном кресле, скрестив руки на груди и устремив на детей суровый взгляд. Его всклокоченная шевелюра походила на львиную гриву и имела весьма устрашающий вид.

— Что вам нужно? — спросил он.

— Моя мама сказала, что нам нужно извиниться перед вами, мистер Хик, — выступив вперёд, заговорил Пип. — Так вот: извините нас, пожалуйста!

И все дети хором подхватили:

— Извините нас, пожалуйста!

— Хмммм... — протянул мистер Хик, заметно смягчившись. — Вот, значит, как? Полагаю, вам и в самом деле есть за что извиняться, уважаемые господа!

И тут Бетси не выдержала.

— И вам тоже! — сердито крикнула она. — Вы дали мне слово, что никому не скажете — и выдали все наши секреты!

Мистер Хик даже и ухом не повёл. Он вовсе не считал себя связанным каким-то там обещанием, данным маленькой девочке, потому что не принимал детей всерьёз. Для него они мало чем отличались от кошек, собак и хомячков — так что он и не думал раскаиваться в том, что обманул Бетси. Мистер Хик открыл было рот, чтобы сказать об этом, но внезапно кабинет заполнил мощный гул: это был рёв самолётов.

Мистер Хик подскочил в кресле от неожиданности, Бастер грозно заворчал, а Ларри бросился к окну:

— Это опять те же самые реактивные самолёты, которые уже однажды пролетали над нашей деревней! — крикнул мальчик. — Посмотрите, какие у них красивые крылья и хвосты!

— Надо же! — воскликнул мистер Хик. — Действительно, они уже пролетали здесь два или три дня назад — тогда их было семь. А сколько их сейчас?

Ларри принялся считать самолёты. Остальные тоже высунулись из окна, все — кроме Фатти, который застыл на месте, озадаченно глядя на хозяина дома. Фатти даже открыл было рот, собираясь что-то сказать, но тут же закрыл его, плотно сжал губы и стиснул зубы. Так он и стоял, молча уставившись на мистера Хика и о чём-то напряжённо раздумывая.

Самолёты, развернувшись над дальними холмами за рекой, полетели назад.

— Скорей бежим на улицу! — крикнул Ларри. — Посмотрим оттуда на самолёты! До свидания, мистер Хик!

— До свидания! И впредь не вздумайте совать нос не в своё дело и вмешиваться в дела взрослых! — строго напутствовал их мистер Хик. — Сейчас полиция подозревает Хораса Пикса в поджоге моего коттеджа. На него завели уголовное дело, и полиция ведёт расследование. Сегодня утром он приходил ко мне для разговора, и на нём были ботинки с резиновыми подошвами. Нет никаких сомнений, что все отпечатки, которые вы видели возле изгороди, на дороге и у входа в дом, оставил именно он!

Дети переглянулись. Они подумали о бедной Лилли: каково ей будет узнать, что её любимый Хорас всё же оказался преступником! И только Фатти думал не о Лилли, а о чём-то своём — он по-прежнему пристально и с какой-то странной улыбкой смотрел на мистера Хика.

Дети выбежали во двор, но самолёты уже улетели. Издалека доносился ровный, постепенно замирающий гул.

— Ладно, хорошо, что всё позади, — облегчённо вздохнул Ларри. — Подумать только, что нам пришлось просить прощения у этого противного Чао-Какао! Однако же, судя по всему, поджигателем всё-таки оказался Хорас Пикс. Вот так дела!

Фатти не произнёс ни слова и только искоса взглянул на Ларри.

Дети вышли на улицу и стали спускаться вниз к реке, решив немного прогуляться перед ужином.

Бетси первая заметила, что с Фатти творится что-то неладное.

— Фатти, в чём дело? — тревожно спросила она. — Ты сам на себя не похож. Что-то случилось?

— Знаете, мне в голову пришла одна очень-очень странная мысль... — задумчиво произнёс Фатти.

— Правда? Что за мысль? Скорей выкладывай! — наперебой стали спрашивать его сыщики.

Всем было интересно, что за мысль посетила Фатти. А тот остановился и поднял палец к небу.

— Вы видели эти реактивные самолёты? Они дважды пролетали над нашей деревней: второй раз сегодня, а первый раз — в тот самый вечер, когда сгорел коттедж!

— Ну и что? — с досадой произнёс Ларри. — Пока ничего странного в твоей мысли я не вижу.

— Подожди! — прервал его Фатти. — Странно вовсе не это. Вы помните, что сказал мистер Хик, когда мы обсуждали эти самолёты? Он сказал, что видел их два или три дня назад. Он даже сосчитал их — самолётов было семь.

— Никак не пойму, к чему ты клонишь? — нахмурился Пип.

— А вот к чему: где был мистер Хик в тот вечер, когда сгорел его коттедж?

— Он ездил в Лондон, — ответил Ларри.

— Вот именно! Как же в таком случае он мог видеть эти самолёты и даже сосчитать их?

Наступила тишина. Все были поражены и не знали, что и думать. Наконец Ларри прервал молчание.

— Это действительно очень странно! — задумчиво произнёс он. — Когда над нами в первый раз пролетели самолёты, вся деревня обсуждала это событие. Все вышли из домов и смотрели на них. Если Чао-Какао тоже видел их в тот вечер, значит, он должен был быть здесь, а вовсе не в Лондоне!

— И тем не менее шофёр ездил за ним на станцию, встретил его с лондонского поезда и привёз домой! — воскликнула Дейзи. — Но если мистер Хик ехал в поезде, как он мог видеть самолёты? В тот момент, когда они пролетали над нами, поезд ещё не отошёл с лондонского вокзала.

— Итак, уважаемые сыщики! — торжествующе резюмировал дискуссию Фатти. — У нас появился новый подозреваемый: не кто иной, как сам мистер Хик!

— Ух ты! — изумлённо выдохнула Бетси. — Но с какой стати ему было поджигать свой собственный коттедж?

— Не забудьте, что его ценные бумаги были застрахованы на большую сумму! – напомнил Фатти. – Я читал, что такое бывает. Люди страхуют дом, автомобиль или какие-то другие вещи, а потом нарочно сжигают или портят их, чтобы получить деньги. Кто знает, а вдруг он продал свои драгоценные рукописи, а потом поджёг коттедж и сделал вид, будто они там сгорели, чтобы получить ещё и деньги за страховку? Может такое быть?

— Наверное, может... Но как бы то ни было, мы не должны никому говорить, что у нас возникло такое подозрение! – прошептала Дейзи.

— Конечно! – поддержал её Ларри. – Но что же нам теперь делать?

— А вот что: нам надо узнать, как мистер Хик мог вернуться в тот вечер на лондонском поезде, – сказал Фатти. – Мы сейчас как раз недалеко от железной дороги, и до вечернего лондонского поезда осталось несколько минут. Давайте подойдём к дороге и займём наблюдательный пост.

Дети уселись на низкой ограде, которая шла вдоль железной дороги, и стали ждать. Вскоре вдали показался поезд. Вначале он шёл на большой скорости, но потом вдруг стал тормозить и остановился у небольшого переезда, немного не доезжая станции.

– Поезда всегда здесь останавливаются, я давно это заметила! – воскликнула Дейзи. – Наверное, здесь включается семафор.

Дети сидели слишком далеко и не могли разглядеть, почему остановился поезд. Так или иначе, постояв пару минут, поезд тронулся. Бастер припал к земле и прижал уши, когда поезд проходил мимо: пёс терпеть не мог громкого шума и паровозных свистков.

Фатти снова погрузился в раздумья. Ларри тоже о чём-то размышлял. Наконец Фатти сказал:

– Слушайте: если Чао-Какао знал, что поезд всегда тормозит возле этого переезда, он вполне мог дождаться здесь лондонского поезда, вскочить в пустой вагон и, как ни в чём не бывало, сойти на нашей станции. Если у него проездной билет на год или на полгода, то никто и никогда не сможет узнать, ездил он и в самом деле в этот день в Лондон или нет.

– Фатти, ты прав! – согласился Ларри. – Я только что собирался сказать то же самое! Получается, что коттедж поджёг Чао-Какао. Он сделал вид, что уезжает в Лондон, а сам тайком вернулся со станции, проник в свой собственный сад через дыру в изгороди, спрятался в кустах у канавы, запалил свою мастерскую и снова отправился на железную дорогу. Он дождался лондонского поезда у переезда, влез в пустой вагон и сошёл на нашей станции Петерсвуд. Там его встретил шофёр и повёз домой. Ловко же он провернул это дельце!

Чем больше дети думали обо всём этом, тем больше убеждались, что так всё и было.

— В конце концов, такого поступка вполне можно ожидать от человека, которому ничего не стоит нарушить честное слово! — заявила Бетси, и это стало решающим доводом.

— Смотрите-ка, что это с Бастером? — вдруг воскликнул Фатти.

Со стороны железной дороги послышался громкий лай пёсика. Вскоре Бастер появился из-за деревьев, которые росли возле путей.

— Бастер! Фью! Бастер! Ко мне! Что ты там нашёл? Опять кроличью нору? — позвал собаку Фатти.

Бастер торопливо семенил к сыщикам. Когда он подошёл ближе, дети увидели, что он что-то несёт в зубах.

— Что бы это могло быть? — удивилась Бетси.

— Да это же старый ботинок! — рассмеялась Дейзи. — Бастер! Зачем тебе ботинок? Ты же ходишь босиком!

Бастер подошёл к Бетси и положил свой трофей возле её ног. Он выжидательно глядел на девочку, виляя хвостом и нетерпеливо поскуливая. Бетси наклонилась и перевернула ботинок.

– Ох! – прошептала она. – Вы не поверите, но это... те самые ботинки!

От изумления сыщики едва не попадали с ограды. Это было просто невероятно!

– Бастер ведь шёл по следу вместе со мной, – пояснила Бетси. – Он запомнил запах! По этому запаху он нашёл спрятанный ботинок и принёс его мне. Теперь я понимаю, почему он так упорно обнюхивал ботинки мистера Хика, когда тот позвал нас с Бастером к себе в кабинет. Он чуял этот запах!

– Умница, Бастер! – Фатти ласково потрепал пёсика по загривку. – А где же другой ботинок? Тащи его скорей!

Бастер помчался туда, где росли деревья, и принялся яростно рыть землю. Скоро он добыл второй ботинок и положил его у ног Фатти. Дети внимательно осмотрели находку, и Фатти сказал:

– Думаю, дело было так: выслушав рассказ Бетси, Чао-Какао струхнул и решил спрятать улики. Он отправился сюда и закопал здесь эти ботинки, чтобы полиция не обнаружила их у него в доме. Но наш славный Бастер нашёл их по запаху. Молодец, Бастер! Ты настоящий служебный пёс, пёс-детектив, пёс-следопыт! Ты заслужил награду за верную службу – сегодня на ужин я угощу тебя большой сахарной косточкой!

По пути домой сыщики принялись обсуждать, как им теперь быть.

– Допустим, поджигателя мы выследили, – вслух размышлял Ларри. – Но кому и как мы можем рассказать об этом? В полицию пойти мы не можем – старина А-ну-ка-разойдись нас слушать не станет, и мы только получим от него очередной нагоняй. Родителям тоже лучше ничего не рассказывать, если мы не хотим, чтобы нас вообще заперли дома и не выпускали гулять до конца каникул.

– Давайте пока не пойдём домой, а спустимся к реке, посидим там и подумаем, – предложил Пип. – Дело ведь и впрямь нешуточное. Нам надо найти правильное решение.

Глава восемнадцатая
У сыщиков неожиданно появляется помощник

Дети свернули на тропинку, которая вела вниз, к реке. Они нашли укромное местечко и расположились на траве прямо на берегу возле густых зарослей кустарника. Бастер улёгся рядом, однако был неспокоен: он сердито ворчал и уши у него стояли торчком.

– В чём дело, Бастер? – обеспокоенно спросила Бетси. – Что-то не так?

Бастер тявкнул в ответ, вильнул хвостом и наконец затих.

Сыщики стали обсуждать, как им поступить дальше.

— Вот ведь как получается, — заговорил Пип. — Мы нашли поджигателя, собрали все улики, выяснили все обстоятельства дела. Мы знаем, как злоумышленнику удалось изобразить, будто он ездил в Лондон; мы знаем, как доказать, что в Лондоне он не был; мы знаем, что именно его следы были у изгороди и в саду возле канавы; мы нашли ботинки, которые он пытался спрятать; мы знаем, кто и почему побывал в тот вечер в доме и в саду, — в общем, нам известно всё! И тем не менее мы никому не можем об этом рассказать, потому что нас либо не станут слушать, либо А-ну-ка-разойдись представит дело так, будто это он раскрыл преступление. Это нечестно! Ведь расследование от начала и до самого конца провели мы!

— Да, в полицию нам лучше не ходить, — согласился Фатти. — И родителям мы тоже ничего не скажем, потому что они просто возьмут и позвонят А-ну-ка-разойдись. Но всё-таки нам надо что-то предпринять! Нельзя, чтобы этот гадкий Чао-Какао остался безнаказанным — тем более что вместо него преступником сочтут какого-нибудь ни в чём не повинного человека, например Хораса Пикса. Ведь Чао-Какао изо всех сил старался выставить дело так, будто поджог устроил Хорас. А это уже самая настоящая подлость! Неужели мы должны молчать и делать вид, что ничего не знаем?

— Нет! Нет! Ни за что! — дружно возмутились все сыщики.

— Однако этот старый лис выдал себя с головой, когда проболтался, что видел самолёты, — усмехнулся Ларри. — А Фатти какой молодец! Сразу сообразил, что к чему. Светлая голова!

Фатти тут же начал раздуваться от гордости как индюк.

— Говорил же вам, что умею работать головой! Ещё когда я только пошёл в первый класс...

— Всё, хватит, Фатти! Прекрати! — хором закричали сыщики, и Фатти тут же умолк, хоть и продолжал сидеть с торжествующей улыбкой на губах: он был страшно горд тем, что не пропустил такую важную улику.

Ребята продолжали обсуждать расследование, подозреваемых, улики, в том числе и самые последние, как вдруг Бастер вскочил и так яростно зарычал, что все умолкли и с недоумением уставились на пса, пытаясь понять, что с ним происходит.

— Бастер! Бастер! Что с тобой? — встревоженно спросила Бетси. — Как ты думаешь, Фатти, может, он съел что-нибудь, и теперь у него болит животик?

Но не успела девочка закончить фразу, как вдруг из-за кустов появился человек — высокий и крепкий. Настоящий великан! Сразу было видно, какой он сильный! Одет он был в твидовый костюм и огромные коричневые ботинки.

— Ой! — испуганно вскрикнула Бетси.

Дети вскочили на ноги, готовясь броситься наутёк. Однако когда великан подошёл ближе, их испуг прошёл: вид у этого силача был самый доброжелательный: интеллигентное лицо, проницательный, умный взгляд, а в глубине его тёмных глаз время от времени вспыхивали весёлые искорки.

— Прошу прощения, если напугал вас, — заговорил незнакомец, усаживаясь возле сыщиков. — Дело в том, что я часто хожу сюда на рыбалку, и моё любимое местечко, где я обычно сижу с удочкой, находится как раз за этими кустами. Получилось так, что я слышал всё, о чем вы говорили. Вначале я немного рассердился, думая, что своей болтовнёй и смехом вы распугаете мне рыбу, но потом меня так заинтересовал ваш разговор, что я позабыл про рыбалку! Я сидел тихонько, затаив дыхание, чтобы не выдать себя, и боялся пропустить хоть слово.

Должен вам сказать честно: то, что я услышал от вас, – это просто поразительно! Держите! Это вам!

Незнакомец достал из кармана пиджака большую шоколадку и протянул её детям. Разумеется, они не смогли устоять и не стали отказываться от угощения.

– Значит, вы всё слышали? – спросила Бетси с набитым ртом. – Вообще-то всё это – наш большой секрет, потому что мы – сыщики!

– Что-что? У вас прыщики? И это большой секрет? – Незнакомец толком не расслышал, что сказала Бетси, потому что рот у неё был полон шоколада. – Не переживайте, прыщики надо помазать одеколоном, и они скоро пройдут.

Дети дружно засмеялись, а Дейзи, уже успевшая прожевать свою порцию шоколадки, объяснила:

– Не прыщики, а сыщики! Пять юных сыщиков и пёс-детектив. Мы раскрываем тайны и разгадываем загадки.

– Ах, вот как! Теперь понятно, – кивнул незнакомец, который к тому моменту уже успел подружиться с Бастером: он ласково потрепал пёсика за холку, а тот лизнул ему руку.

– А кто вы такой? – поинтересовалась Бетси. – Я вас раньше не видела!

— Мы с вами коллеги, — улыбнулся незнакомец. — Я тоже сыщик в своём роде, разгадываю тайны и узнаю секреты. Это ведь самое интересное занятие на свете! Вы согласны со мной?

Все дружно согласились, и незнакомец продолжил:

— Как я понял, вы попали в затруднительную ситуацию. Вы раскрыли тайну, но не знаете, как и кому об этом рассказать.

— Именно так! — подтвердил Ларри. — Видите ли, наш деревенский полицейский мистер Гун очень зол на нас. Он считает, что мы только мешаем расследованию и путаемся под ногами. Он уже нажаловался на нас родителям и рассказал им о нашем неподобающем поведении. Наверное, оно и вправду иногда было неподобающим. Но мы хотели только узнать, кто поджёг коттедж мистера Хика!

— А теперь, когда вы расследовали это дело, вам очень обидно делать вид, что вы ничего не знаете, — понимающе кивнул незнакомец. — В самом деле поджигателя надо изобличить! Расскажите-ка мне всё ещё раз по порядку — как я уже сказал, я тоже в некотором смысле сыщик и знаю толк в тайнах. Мне будет очень интересно услышать ваш рассказ.

Дети испытующе разглядывали незнакомца. Он нравился им всё больше: в его глазах горел весёлый огонёк, он дружелюбно улыбался детям и ласково гладил Бастера. Похоже, и пёс тоже полностью доверяет этому силачу!

— Ну что, ребята, расскажем этому джентльмену всё, как есть? — спросил Ларри.

Сыщики дружно согласились, и Ларри, которого время от времени перебивали Дейзи, Фатти и Пип, по порядку поведал незнакомцу обо всём, что произошло в последние дни. Тот слушал очень внимательно, удивлённо покачивал головой и порой задавал короткие вопросы.

— А ты умеешь работать головой! — одобрительно сказал он, взглянув на Фатти, когда ребята наперебой рассказали о том, как Чао-Какао выдал себя, проговорившись, что видел самолёты, пролетавшие над деревней вечером накануне пожара. Фатти покраснел от удовольствия, но Бетси предостерегающе сжала его руку, и он не сказал ни слова.

Наконец история подошла к концу. Незнакомец пожал всем руки и произнёс:

— Вы просто молодцы! Вы провели расследование на «отлично»! От всей души поздравляю пятерых юных сыщиков и пса-детектива! И знаете, я хотел бы вам немного помочь.

— Как? — удивился Ларри.

— Прежде всего нам надо найти и как следует допросить старого бродягу. Думаю, он мог видеть в саду мистера Хика. Так что этот бродяга может оказаться важным свидетелем по делу. И ещё: полиция обязательно должна узнать обо всём, что вы сейчас мне здесь рассказали.

Ребята разочарованно переглянулись. Ларри, вздохнув, сказал:

— Старина А-ну-ка-разойдись, то есть мистер Гун, припишет себе все заслуги. А насчёт бродяги... Как же мы его найдём? Он, может быть, уже за сотню миль отсюда!

— Не волнуйтесь, бродягу я вам найду, — пообещал незнакомец.

— А старина мистер Гун? Он и слушать нас не станет!

— Не беспокойтесь. Он выслушает вас, и очень внимательно. Предоставьте это мне, — ответил загадочный незнакомец. — Давайте договоримся так: завтра в десять утра вы придёте в полицию. Мы с вами там увидимся и уладим это дело.

С этими словами он поднялся и на прощание пожал сыщикам руки.

— Хорошо, что мы с вами встретились! — сказал он. — До завтра!

Незнакомец снова скрылся за кустами, а спустя минуту дети увидели, как он идёт со своей удочкой вдоль берега реки.

– Значит, завтра в десять утра... Интересно, как он «уладит» это дело? И как он найдёт бродягу, хотел бы я знать? – задумался Фатти.

Сыщики терялись в догадках. Ларри взглянул на часы и как ошпаренный вскочил на ноги.

– Оказывается, ужас как поздно! – крикнул он. – Бежим скорей! Родители нам всыплют по первое число!

Ребята помчались в деревню. Следом за ними, посапывая, трусил Бастер. Оказавшись на своей улице, они на бегу крикнули друг другу:

– Завтра ровно в десять! Спокойной ночи!

Глава девятнадцатая
Тайна сгоревшего коттеджа раскрыта

На следующее утро ровно в десять ноль-ноль пятеро сыщиков и пёс встретились у входа в полицейский участок. По просьбе незнакомца они взяли с собой все вещественные доказательства: рисунки со следами подошв, кусочек серой фланели, который хранился в спичечном коробке, и ботинки на резине, которые Бастер отыскал вчера у железной дороги.

— Похоже, единственная находка, которая нам не пригодилась, — это обрывок фланели, — сказал

Ларри, открывая спичечный коробок. – Нам так и не удалось обнаружить, чьё это было пальто или костюм. И всё-таки я уверен, что за колючий куст зацепился тот, кто залез в сад через дыру в изгороди. Может быть, мистер Хик в тот вечер был одет в серый фланелевый костюм. Хотя вообще-то он всегда носит твидовый, тёмно-синий...

Дети немного потоптались у входа – им было как-то не по себе – и наконец зашли в участок, где сразу увидели мистера Гуна. Он сидел за столом без привычного шлема. Рядом с ним сидел другой полицейский – дети его никогда раньше не видели. Сыщики застыли в дверях и с опаской посмотрели на мистера Гуна. Они ждали, что он сейчас поднимется со стула и грозно рыкнет на них: «Опять здесь эти дети?! А ну-ка разойдись!»

Но ничего подобного не произошло: наоборот, мистер Гун пригласил их сесть, да ещё таким вежливым тоном, что юные сыщики недоумённо переглянулись. Они послушно расселись по местам. Бастер направился к полицейскому и стал обнюхивать его обувь и брюки – но тот не стал кричать на пса или отпихивать его ногой. Чудеса, да и только!

– Мы должны были здесь встретиться с одним человеком, – начал Фатти.

А-ну-ка-разойдись кивнул:

— Да, он будет с минуты на минуту.

И в этот же самый момент за окном раздался звук тормозов. Дети выглянули в окошко и увидели, что к участку подъехала маленькая полицейская машина. Они подумали, что это их новый знакомый, но, когда дверь открылась, из машины вылез вовсе не вчерашний рыболов-великан, а старый бродяга! Он был изрядно напуган, весь дрожал и что-то бормотал себе под нос. До детей долетели отдельные фразы:

— Я честный малый, ей-ей!.. Мне чужого не надо... Я кое-что видел, да... Скажу всё, что знаю, конечно, скажу... Мне не нужны неприятности...

Бродягу привёз полицейский в штатском. Бетси очень удивилась, когда Ларри объяснил ей, что человек в тёмно-сером костюме за рулём автомобиля — это полицейский. Девочка думала, что полицейские всегда ходят в форме, в каске и с дубинкой на поясе.

Пока они обсуждали бродягу и полицейского в штатском, к участку подъехала ещё одна машина — на сей раз большая и вместительная. За рулём её сидел высокий широкоплечий человек в красивой синей форме и фуражке с кокардой. Он вышел из автомобиля, и все полицейские отдали ему честь.

Бетси первая узнала его и даже взвизгнула от восторга:

– Смотрите, это же он! Наш новый знакомый! Ура!

Рыболов-любитель улыбнулся ребятам, приподнял фуражку и весело сказал:

– Да, это я! Приветствую вас!

– Мы задержали бродягу, господин инспектор, – отрапортовал полицейский в штатском.

Дети переглянулись: значит, их новый друг оказался ПОЛИЦЕЙСКИМ ИНСПЕКТОРОМ! Вот это да!

– Инспектор – это большой начальник в полиции, – шепнул Пип на ухо Бетси. – Инспектором может стать только очень умный полицейский. Взгляни на старину А-ну-ка-разойдись – он весь трясётся как осиновый лист!

На самом деле мистер Гун вовсе не трясся, но было видно, что для него визит инспектора – серьёзное и ответственное событие. Однако его руки и правда немного дрожали от волнения, когда он перелистывал свою записную книжку, готовясь рапортовать о ходе расследования.

Инспектор ещё раз широко улыбнулся детям и повернулся к мистеру Гуну. Тот стоял навытяжку.

— Приветствую вас, сержант! Рад за вас: вам очень повезло, что в вашем округе есть такие умные и наблюдательные ребята!

Лицо А-ну-ка-разойдись перекосилось, он открыл было рот, чтобы что-то сказать, но не произнёс ни слова. Он вовсе не был рад тому, что у него в округе развелось столько ребят, да ещё таких умных и наблюдательных, поумнее его самого!

В это время полицейский в штатском привёл бродягу, и инспектор приступил к допросу свидетеля. Бродяга охотно отвечал на все вопросы, он был готов рассказать, как он выразился, «всё как на духу», после того как ему пообещали, что его не будут сажать в тюрьму и отпустят на все четыре стороны.

Дети внимательно слушали.

— Расскажите нам, что и кого вы видели в тот вечер в саду мистера Хика? — задал первый вопрос инспектор.

— Ну... перво-наперво, там был я сам. Был я под кустом, недалеко от мастерской — прилёг отдохнуть, никого не трогал, ничего не брал... Понимаете?

— Отлично понимаю, — кивнул инспектор. — Продолжайте!

— Ну вот, значит, лежу я себе полёживаю и вдруг вижу этого парня, который с утра-то ушёл из этого дома с чемоданом. Пикс, кажется, его зовут. Он тоже засел в кустах, но ближе к воротам, а с ним ещё кто-то — а кто, не знаю, хорошенько не разглядел. По голосу судя, это была какая-то девчонка. А потом этот малый, Пикс, значит, полез в дом через окошко...

— Вот как! — покачал головой инспектор.

— Ну а потом, значит, увидал я старикана — того, что с утра разругался с мистером Хиком. Имя у него ещё такое смешное... Вунькас, что ли? Ну да. Так вот, этот пришёл с улицы через ворота, прокрался тихонько, как мышка, во двор — и шмыг в дом! И только он прошмыгнул вовнутрь, а тут вскоре и Пикс вылез обратно из окошка.

— Хорошо. Продолжайте! — подбодрил его инспектор. — Что ещё вы видели?

Бродяга помолчал минуту-другую, оглядел присутствующих, поднял вверх грязный палец и важно произнёс:

— А ещё... Ещё я видел мистера Хика — собственной персоной!

Все затаили дыхание.

— Лежу я, значит, полёживаю себе под кустом, — продолжал свой рассказ бродяга, — и думаю, значит, что это не сад, а какой-то проходной двор: сколько народу тут шныряет взад-вперёд!

И вдруг слышу треск и хруст и вижу, как кто-то лезет в сад через дыру в изгороди — прямо рядышком с тем кустом, где я прилёг! Глядь — а это хозяин дома, мистер Хик! Я затаился, не дышу, но однако же подглядываю за ним из-за своего куста. А он, значит, пролез в сад, встал возле канавы, постоял маленько, а потом подкрался к кусту ежевики и выудил из него жестяную банку — видать, он её там ещё накануне припрятал.

Фатти не удержался и тихонько присвистнул. Было удивительно слушать, как бродяга рассказывает о событиях, которые юные сыщики тщательно воссоздали из кусочков и обрывков сведений, полученных от разных людей! Значит, мистер Хик достал заранее спрятанную в кустах жестяную банку — а в ней наверняка был керосин...

— Ну а потом, значит, этот мистер Хик пошёл к коттеджу, зашёл вовнутрь, но был он там недолго, — продолжал бродяга. — Через пару минут он снова появился, запер дверь и вернулся к канаве. А я, значит, лежу себе полёживаю, тихонько, как мышка. Мне ведь на глаза попадаться этому мистеру Хику совсем ни к чему. Ну а потом, значит, как совсем стемнело, вылез он из канавы да и пошёл куда-то — в ту сторону, где станция. Я немножко ещё полежал и вдруг вижу — батюшки-светы! А коттедж-то горит! Ну, тут уж я вылез из-под куста да и дал дёру! А то бы ещё застукали меня в саду и непременно решили бы, что это я запалил мастерскую... А я-то ни сном ни духом... верите?

— Верю, — отвечал инспектор. — Спасибо, вы нам очень помогли. Последний вопрос: был ли ещё кто-нибудь в саду, кроме тех людей, которых вы назвали?

— Больше ни души! — уверенно ответил бродяга.

Инспектор повернулся к присутствующим.

— Итак, картина получается более или менее ясная. Мистеру Хику захотелось получить деньги по страховке. В течение дня он провоцирует ссоры с целым рядом людей, чтобы в ходе расследования причин пожара полиция и страховая компания могли заподозрить несколько человек: ведь раз все эти люди были в ссоре с мистером Хиком, у каждого из них мог быть мотив для преступления — желание поквитаться с обидчиком. Далее: днём мистер Хик объявляет, что уезжает в Лондон, и шофёр везёт его на станцию Петерсвуд. Мистер Хик садится в поезд, но, судя по всему, сходит на следующей станции и возвращается пешком через поля. В сумерках он оказывается возле своего сада, тайком проникает туда и прячется там до темноты. Затем он поджигает коттедж и отправляется к железной дороге. Он ждёт лондонский поезд у переезда, потому что знает, что поезда всегда останавливаются там на несколько минут. Под покровом темноты он запрыгивает в пустой вагон и приезжает на станцию Петерсвуд, где его встречает шофёр и везёт домой. А там уже собралась толпа, потому что коттедж полыхает вовсю! Неплохо придумано!

– Думаю, нам пора встретиться и побеседовать с мистером Хиком, – усмехнулся полицейский в штатском.

– Вы правы, – согласился инспектор и добавил, обернувшись к детям: – Мы сообщим вам о результатах нашей беседы с главным подозреваемым. А от себя хочу сказать, что очень рад нашему знакомству! Надеюсь, нам представится случай поработать вместе над разгадкой ещё какой-нибудь тайны. Благодарю вас за неоценимую помощь в этом деле! Я уверен, что мистеру Гуну тоже не терпится выразить вам свою благодарность.

Мистер Гун охотно воздержался бы от выражения благодарности, но ему ничего не оставалось, как только подчиниться начальству. Он кивнул и выдавил из себя кривую улыбку.

Ему было очень досадно, что «мелюзга», которая «вечно путается под ногами», умудрилась расследовать это запутанное дело и заслужить похвалу инспектора.

– Счастливо оставаться, сержант! – кивнул инспектор мистеру Гуну.

– Всего доброго, инспектор Дженкс, – пробормотал Гун в ответ.

Настроение у него, судя по всему, было хуже некуда.

– Ну что, уважаемые сыщики, может быть, вас подвезти? Нам с вами, как я понимаю, по пути? – весело спросил инспектор.

Им действительно было по пути – ведь инспектор направлялся к дому мистера Хика. Дети с восторгом залезли в машину и просто лопались от гордости, представляя себе, как друзья и соседи увидят, что их привёз САМЫЙ НАСТОЯЩИЙ полицейский инспектор на САМОМ НАСТОЯЩЕМ полицейском автомобиле!

– Господин инспектор, у нас есть к вам одна маленькая просьба, – обратился к мистеру Дженксу Пип. – Не могли бы вы замолвить за нас словечко перед нашими родителями? Мистер Гун им всё время жаловался на нас, но, если вы скажете, что мы ничего плохого не сделали, они не будут на нас сердиться.

— С удовольствием познакомлюсь с вашими родителями и расскажу им, какие вы молодцы! — улыбнулся инспектор. — Но сначала я должен посетить мистера Хика.

Инспектор сдержал своё слово. В тот же день он побывал у мамы Пипа и очень удивил её тем, что выразил благодарность детям за неоценимую помощь в расследовании.

Инспектор похвалил маленьких сыщиков за ум и наблюдательность:

— Ваши дети такие умницы! Я горжусь тем, что мы подружились, — сказал инспектор.

А дети тут же окружили его и стали расспрашивать, перебивая друг друга:

— Господин инспектор, вы уже были у мистера Хика? Что он вам сказал? Как он себя повёл? И что теперь с ним будет?

— Я провёл допрос, предварительно уведомив его, что нам всё известно и все улики собраны, включая ботинки на резине, от которых он постарался избавиться, — ответил инспектор. — Вначале он пытался всё отрицать, и тогда я спросил у него, как он может объяснить тот факт, что он видел семь самолётов, пролетавших над деревней в тот момент, когда он якобы был в Лондоне. Тут он сдался и признался во всём! Боюсь, что мистеру Хику придётся на время

переехать из своего уютного дома в тюремную камеру. Его уже повезли на новую «квартиру». Миссис Миннз он оставил в таком волнении, что вряд ли у неё получится как следует приглядывать за хозяйством.

— Зато Лилли будет очень рада, когда узнает, что её любимый Хорас ни в чём не виноват! — воскликнула Дейзи. — Пожалуй, мы пойдём навестим мистера Вунькаса и сообщим ему, что с него окончательно сняты все подозрения, а заодно извинимся перед ним за то, что без спроса брали его вещи и залезли к нему ночью в дом.

А мистер Гун отдаст ему тот ботинок, который он отобрал у Фатти?

— Не волнуйтесь, ботинок уже вернулся к своему хозяину, — улыбнулся инспектор. — Ну что же, мне пора. Я с удовольствием ещё посидел бы у вас в гостях, но у меня, извините, служба! Надеюсь, что мы с вами скоро снова встретимся. Вы большие молодцы, вы самые настоящие сыщики и поступали совершенно правильно — составили список подозреваемых, занялись поиском улик. Всё это очень пригодилось в расследовании!

— Кроме вот этого, — вздохнул Ларри, доставая из спичечного коробка обрывок серой фланели. — Мы так и не нашли ни у кого из подозреваемых порванного фланелевого пальто или костюма. Так что эта улика оказалась нам ни к чему...

— Если вам интересно, я попробую объяснить, откуда на ежевичном кусте взялся этот кусочек ткани.

— Ой, пожалуйста, расскажите нам! Нам так интересно! — захлопала в ладоши маленькая Бетси.

Инспектор поманил к себе Ларри, повернул его спиной к сыщикам — и вдруг все увидели, что его серый фланелевый пиджак слегка порван сзади, возле воротника!

— Вот откуда взялась эта ваша улика! — рассмеялся инспектор. — Вы все по очереди пролезли через дырку в изгороди, в том числе и Ларри, который зацепился за острый шип ежевики. Но вы были так увлечены таинственными следами, что никто не заметил, что Ларри порвал пиджак. И это очень хорошо — иначе ваш сыщик сам оказался бы в списке подозреваемых!

Все дружно рассмеялись, а Бетси сказала:

— Надо же было найти столько улик, столько подозреваемых — и не заметить того, что было у нас перед носом! Всё-таки быть детективом — очень сложное дело! Нам надо ещё учиться и учиться!

— Ну что же, дорогие друзья, я с вами прощаюсь, — сказал инспектор. — Ещё раз благодарю вас за помощь. Я очень рад, что всё закончилось благополучно, думаю, что и вы тоже. До новых встреч!

Дети проводили своего нового друга до автомобиля. Когда инспектор уехал, они вернулись в сад и пошли в свою беседку. Усевшись там на скамейку, они некоторое время молчали, думая об удивительных событиях, которые случились в последние дни.

Наконец Дейзи сказала:

— Итак, загадка разрешилась, и все мы рады этому. Но как жаль, что наша замечательная игра закончилась...

— Ничего подобного! — возразил Фатти. — Мы раскрыли тайну сгоревшего коттеджа, но нас ждут новые тайны, удивительные открытия и увлекательные расследования. Вперёд, к новым приключениям!

И новые приключения действительно скоро начались.

Но это уже совсем другая история!

Оглавление

Глава первая. Пожар в деревне Петерсвуд............... 5

Глава вторая. Клуб юных сыщиков 17

Глава третья. Первое совещание 27

Глава четвёртая. Улики и полицейский
А-ну-ка-разойдись 35

Глава пятая. Фатти и Ларри кое-что узнают........ 46

Глава шестая. Миссис Миннз рассказывает
много интересного 57

Глава седьмая. Бродяга, А-ну-ка-разойдись
и Фатти 72

Глава восьмая. Что делать дальше? 90

Глава девятая. Лилли помогает следствию..........101

Глава десятая. Встреча с Хорасом Пиксом 114

Глава одиннадцатая. Бродяга возвращается........127

Глава двенадцатая. Мистер Вунькас и ботинки
с резиновыми подошвами..............................140

Глава тринадцатая. Удивительный разговор
с Лилли 154

Глава четырнадцатая. А-ну-ка-разойдись
появляется некстати......................................169

Глава пятнадцатая. Ларри и Фатти
натерпелись страху 182

Глава шестнадцатая. Потрясения
и неожиданности 197

Глава семнадцатая. Странные открытия............216

Глава восемнадцатая. У сыщиков неожиданно
появляется помощник 230

Глава девятнадцатая. Тайна сгоревшего
коттеджа раскрыта..239

Литературно-художественное издание
Для среднего школьного возраста

Серия «ПЯТЬ ЮНЫХ СЫЩИКОВ И ПЁС-ДЕТЕКТИВ»

БЛАЙТОН Энид
ТАЙНА СГОРЕВШЕГО КОТТЕДЖА

Приключенческая повесть

Ответственный редактор *А. В. Купцова*
Редактор *Е. С. Вахрушева*
Художественный редактор *С. А. Карпухин*
Технический редактор *К. А. Путилова*
Корректоры *Т. С. Дмитриева, Т. И. Филиппова*
Компьютерная вёрстка *И. И. Лысова*

Подписано в печать 10.10.2023. Формат 84×108 $^1/_{32}$.
Бумага офсетная. Гарнитура «SchoolBook».
Печать офсетная. Усл. печ. л. 13,5.
Доп. тираж 8000 экз. D-KUS-24297-09-R. Заказ № 5761/23.
Дата изготовления 20.11.2023.
Срок службы (годности): не ограничен.
Условия хранения: в сухом помещении.

ООО «Издательская Группа «Азбука-Аттикус» —
обладатель товарного знака Machaon
115093, Москва, вн. тер. г. муниципальный округ Даниловский,
пер. Партийный, д. 1, к. 25
Тел. (495) 933-76-01, факс (495) 933-76-19
E-mail: sales@atticus-group.ru

Филиал ООО «Издательская Группа «Азбука-Аттикус»
в г. Санкт-Петербурге
191123, Санкт-Петербург, Воскресенская набережная, д. 12, лит. А
Тел. (812) 327-04-55
E-mail: trade@azbooka.spb.ru

www.azbooka.ru; www.atticus-group.ru

Отпечатано в России.

Отпечатано в соответствии с предоставленными материалами
в ООО «ИПК Парето-Принт», 170546, Тверская область,
Промышленная зона Боровлево-1, комплекс № 3А, www.pareto-print.ru

Знак информационной продукции (Федеральный закон № 436-ФЗ от 29.12.2010 г.)
Товар соответствует требованиям ТР ТС 007/2011 «О безопасности продукции,
предназначенной для детей и подростков».